À la recherche d'une balle perdue

Collection « Noir »
dirigée par Carole Martinez

La collection « Noir » accueille tous types d'ouvrages policiers, romans noirs, à suspense, d'espionnage et thrillers ainsi que des nouvelles sur la même thématique dont l'intrigue peut se dérouler aussi bien en France que dans le reste du monde.

Dernières parutions

Pascal CHOSSAT, *L'affaire Kalippam*, 2019.
Jacques HIRON, *L'affaire Domissini*, 2019.
Thierry MÉNARD, *La malle sanglante*, 2019.
Jean-Noël AZÉ, *La laïque*, 2019.
Frédéric COPPERBLOOM, *Faux suicide à Montreuil*, 2019.
Frédéric COPPERBLOOM, *Buté au Lamentin*, 2019.
Alain BRASSART, *L'indolente*, 2019.
Jacqueline ARIA, *Les secrets de l'île*, 2019.
Jean-Louis LOPEZ, *Bleu de Hongrie*, 2019.
Thomas CHANCERELLE, *La maison qui respire*, 2019.
Onur AKTAS, *Revenir*, 2019.
Pierre MAZET, *Oublie le sourire d'Angkor*, 2019.
Valeria DEL BON, *Les ombres de Saint-Marc*, 2019.
Gérard NETTER, *L'étrange affaire Tiburce Petitpas*, 2019.
Jean EROUKHMANOFF, *Un plongeon dans l'eau noire*, 2019.
Joëlle CABRERA, *Les écailles du papillon*, 2018.
Jean-François EUTIQUE, *Le Trio Magyar*, 2018.
Cécile CHARRIER, *Crucifiés*, 2018.
Daniel VASSEUR, *La maison Montricourt*, 2018.
Marcel BOURDETTE-DONON, *L'anxiété des écrevisses*, 2018.
Gilles TCHERNIAK, *Vigilance de classe*, 2018.

Cyrille Piot

À la recherche d'une balle perdue

roman

Du même auteur

Martin Luther King est bien mort le 4 avril 1968,
L'Harmattan, 2017

4 villes idéales, 4 architectes,
L'Harmattan, 2015

Nouvelles de Lyon et d'ailleurs, portraits croisés,
L'Harmattan, 2013

Les Ménines de Vélasquez, une théologie de la peinture,
Thalia, 2011

Lorenzo Da Ponte, le librettiste de Mozart, 1749-1838,
L'Harmattan, 2008

© L'Harmattan, 2019
5-7, rue de l'Ecole-Polytechnique, 75005 Paris

http://www.editions-harmattan.fr

ISBN : 978-2-343-18340-4
EAN : 9782343183404

Pour Rémi Patissier. Il m'avait suggéré d'écrire enfin un roman policier « bien tordu » plutôt que mes essais sur la peinture, la musique ou l'architecture.

Il a quitté ce monde trop tôt

Trop tôt aussi pour pouvoir lire ce que j'ai pu écrire en pensant si souvent à lui.

Notice de l'auteur

L'auteur de ce roman tient à préciser que les faits relatés dans ce livre sont le fruit de son imagination. S'il est exact que certains d'entre eux peuvent effectivement avoir un caractère réel, il demeure qu'ils ne sont pas intervenus à Valréas ou dans les charmants villages alentour. L'auteur tient en effet à pouvoir de nouveau séjourner dans cette aimable région en toute quiétude.

De même, il est précisé que la vision donnée dans cet ouvrage des gendarmes et de la gendarmerie tient à l'évidence de la caricature. L'auteur tient en effet à conserver dans l'avenir de bonnes relations avec les forces de l'ordre en général et la gendarmerie en particulier.

Enfin, je tiens à renouveler mes remerciements à Annie Chodoreille, ma correctrice toujours aussi intransigeante.

> *1ère station - Pilate leur demande : « Que ferai-je donc de Jésus, qu'on appelle Messie ? » Ils répondirent tous : « Qu'il soit crucifié ! »*
> *(Matthieu 27, 22)*

1

Paris, au siège de la Police judiciaire, jeudi 30 octobre

Un sale moment. Un sale quart d'heure ? Une vie de merde… L'inspecteur Pascal Casset ne savait pas vraiment comment qualifier ce qu'il venait de subir. Coincé comme un animal pris au piège. Pourtant, c'est volontairement qu'il y était entré. Il faut reconnaître qu'on peut difficilement refuser de répondre à une convocation de Carminatti, le directeur de la Police judiciaire pour la région Ile de France. Surtout quand on pense sournoisement qu'il s'agit peut-être d'une promotion ou de quelque chose qui pourrait lui ressembler.

Casset était tombé de haut tant les propos de son patron l'avaient surpris.

- Mon cher Casset, croyez-moi, c'est un moment délicat pour moi aussi…

Il regardait, interloqué, son supérieur hiérarchique se dandiner sur sa chaise. Carminatti semblait réellement troublé. C'était d'autant plus perturbant pour Casset qu'il ignorait la raison de cet entretien.

- Délicat est même un mot bien faible ; ça vient de très haut. Je n'ai pas le choix, si vous voyez ce que je veux dire.

Casset ne voyait pas du tout. Pas plus que deux minutes plus tôt.

- Mais si ce n'est pas moi, ce sera mon successeur et là, je ne vous garantis rien. Avec moi, au moins, vous aurez une porte de sortie honorable, ce qui n'est pas si mal après tout. Même moi, je suis sur un siège éjectable… Vous vous rendez compte…

- Non, justement. Et même, pour tout vous avouer, je ne comprends rigoureusement rien à ce que vous me dites, répliqua Casset qui commençait à être passablement indisposé par les sous-entendus obscurs de Carminatti.

- Enfin, vous ne lisez pas la presse ? On ne parle que de ça !

Et, joignant le geste à la parole, il étala sur son bureau une pile de journaux tous ouverts à la page des faits de société en Seine Saint-Denis. « Malversations dans la Police », « Détournements de milliers de bouteilles de champagne dans la Police », « Ripoux et alcooliques ! » ou enfin « Ils auraient dû traquer les trafiquants de drogue, mais c'est le champagne qui les intéressait ! ». Entre envie de rire et celle de tout balancer, Casset chercha à se donner la physionomie de quelqu'un de sérieux aux prises avec un phénomène surnaturel.

- Mais, c'est ridicule… Ridicule. Je vois bien de quoi il s'agit. J'ai même dû vous faire une note à ce sujet. Vous l'avez certainement reçue. Tout est clair.

- Oh ! Je l'ai, je l'ai votre note mais, malheureusement, elle ne règle rien. Lorsque les chiens sont lâchés, ils aboient jusqu'à ce qu'ils aient attrapé leur proie… et leur proie aujourd'hui, c'est vous… et peut-être moi un jour.

Carminatti adorait filer ce genre de métaphore animale. Il devait y trouver un écho à sa vision néolithique du métier de policier. Mais ce travers qui amusait tout le service en temps normal, Casset ne le trouvait plus drôle du tout à ce moment-là.

Il tenta quand même de ramener son supérieur sur un terrain plus rationnel.

- J'ai effectivement entendu parler de cette histoire mais il n'y a rien, rien, rien du tout derrière ce fatras de mots.
- Je le sais, je ne le sais que trop, tempéra Carminatti. Mais les chiens sont là, mon pauvre ami. Ils sont là ! Et on les a lâchés sur vous…

Toujours la métaphore, pensa Casset.

- C'est ridicule. Je l'ai expliqué. Vous savez que je m'occupe de l'équipe de foot de la Police du 93, une équipe corpo comme bien d'autres. Pas vraiment du haut niveau mais beaucoup de bonne volonté ; ça vous le savez. Je ne suis ni Guy Roux, ni Aimé Jacquet mais… j'aime le foot, il y a pire dans la vie. J'ai toujours pensé que ça pouvait améliorer les gens, même des flics !

Sa dernière réflexion avait été lancée sur un ton ferme, presque comme un défi ou une sorte d'injure sans grossièreté. Et, sans attendre la réponse de Carminatti, il embraya.

- Vous savez aussi que cette équipe a gagné le tournoi de Pentecôte des équipes corpos cette année. Bon, c'était pas la Coupe du Monde mais ils ont mérité leur victoire… Le prix, c'était une caisse de seize bouteilles de champagne. On les a partagées. Point ! Où est le scandale ? Et ça n'a jamais été caché. Alors, qu'est-ce que c'est que cette histoire de trafic, de ripoux ? Je rêve…

Jamais avare de clichés, Carminatti laissa tomber sans même sourire, « Non, vous ne rêvez pas, c'est un cauchemar… », puis il poursuivit :

- Mon pauvre Casset, vous n'ignorez pas qu'il va y avoir des élections dans quelques mois. Apparemment, certains pensent pouvoir attaquer le gouvernement ou même simplement un organe du pouvoir par tous les moyens, compléta Carminatti.
- Avec seize bouteilles de champagne ? Vous voulez rire ! Ils se contentent de peu, intervint Casset.
- Pas du tout ! Je sors du ministère, il leur faut votre peau. Enfin, il leur faut la peau de quelqu'un, n'importe qui, mais quelqu'un doit porter le chapeau. C'est sur vous que ça tombe. Le directeur de cabinet du ministre est parfaitement d'accord pour estimer que cette affaire est ridicule, seulement son ministre exige une réaction immédiate. Ils veulent éviter la contagion et peut-être même que l'on découvre d'autres choses, mais là, c'est moi qui suppose.

Carminatti attendait une réaction de Casset. Elle ne vint pas ; il semblait soudainement accablé. Sans doute plus par la stupidité de l'accusation que par son caractère injuste.

- Bref, on m'a donné le choix, soit je vous sanctionne avec une mutation sans rétrogradation, soit c'est moi qui saute et je ne donne pas cher de votre peau avec mon successeur. Tout ce que je peux faire pour vous, c'est vous donner le choix entre deux affectations. Rassurez-vous, vous conservez votre qualification indiciaire et vos droits à la retraite.

Un peu sonné, Casset regardait Carminatti se trémousser derrière son bureau. C'était lui l'animal piégé. On lui faisait accomplir la sale besogne et il le faisait. Carminatti attendait une question qui ne venait pas de la part de Casset. Il tenta de relancer l'entretien en se faisant plus précis.

- Ce choix donc, c'est Valenciennes ou Valence, compléta Carminatti en lissant un papier imaginaire sur son bureau pourtant vide, ce qui lui évitait de regarder Casset dans les yeux.

« Tiens, c'est une année en V comme pour les races de chiens ou les chevaux » pensa l'inspecteur.

- Il faut vraiment que je choisisse ? demanda-t-il à peine crédule.
- Pas d'autre solution, hélas. D'après ce que je sais, vous n'êtes plus marié, pas d'enfants d'après ce que je sais aussi, c'est déjà plus facile pour vous.

Merci de me le rappeler, pensa Casset. Il sortait à peine d'un divorce tumultueux qui avait commencé par la surprise de retrouver un soir en rentrant à son domicile sa bibliothèque vidée de la moitié de ses livres, en fait les livres des auteurs dont les noms commençaient par la lettre A jusqu'à ceux commençant par un J ainsi qu'une courte lettre lui expliquant qu'elle partait, qu'elle en avait assez de cette vie, surtout de son caractère impossible et de ses infidélités supposées, mais qu'elle avait l'élégance de lui laisser la moitié de la bibliothèque et que son avocat prendrait prochainement contact avec lui pour les papiers.

Casset en était là de ses pensées mais Carminatti poursuivait sans même s'être rendu compte du douloureux flash-back qui venait de visiter l'esprit de l'inspecteur.

- … et puis, flic depuis presque vingt ans, bien noté jusque-là, votre carrière est loin d'être finie ; ça n'est pas comme moi. Je ne suis encore à ce poste que par la bonne volonté du ministère. Ils peuvent me mettre à la retraite dès qu'ils le veulent compte tenu de mon âge. C'est vraiment le maximum que je peux faire pour vous, croyez-moi, mon cher Casset. Je vous appréciais, vous savez…

Casset ne remarqua même pas l'emploi de l'imparfait ; il avait foutrement envie de tout balancer, l'honneur de la police, les vertus républicaines, les points indiciaires et les droits à la retraite. Se faire sanctionner pour une malheureuse bouteille de champagne, et pas de la meilleure qualité, c'était même presque risible. Ridicule en tous cas. Ridicule, mais comment trouver une autre sortie que l'une des deux solutions proposées par ce pauvre Carminatti. Pauvre Carminatti effectivement. Paul Carminatti, lui qui avait régné sur la police parisienne depuis près de vingt ans, il se retrouvait réduit à la dimension d'un petit gratte-papier soumis aux diktats de son ministre. Il se tassait dans son fauteuil, l'air presque aussi fripé que son costume de flanelle grise. Il avait tout à coup perdu presque tout de sa superbe de haut fonctionnaire. Haut fonctionnaire ? Un curieux mélange, un peu comme l'eau et le feu, où trouver de la grandeur, de la hauteur, dans un statut administratif ?

Il en était là de ses réflexions, les yeux sans doute un peu dans le vide. Il fut tiré de cet état végétatif par Carminatti qui s'impatientait. Il signifia qu'il lui fallait une réponse, le dossier de mutation devait partir le soir même. Curieusement, l'urgence et l'empressement de son supérieur firent sourire Casset tant il trouvait dérisoire toute cette histoire.

- Valence ! Valence ! répéta-t-il afin d'être certain que Carminatti avait bien entendu.

Le sourire qu'il affichait semblait étrangement en contradiction avec la situation profondément injuste qu'il subissait.

- Très bien, très bien. C'est Berthier qui dirige la boutique là-bas. C'est moi qui l'ai formé, je suis certain que tout se passera bien. Je transmets votre dossier dès ce soir avec un avis favorable. Je veillerai à ce que cette malheureuse affaire de bouteilles de champagne n'apparaisse pas. C'est une mutation demandée par le fonctionnaire et acceptée par la hiérarchie. Vous commencerez là-bas lundi. Bonne chance Casset. Je penserai à vous et si vous rencontrez des difficultés, vous pourrez faire appel à moi, je serai toujours à vos côtés…

Un tel engagement lui fit l'effet que doit ressentir un commerçant quand un client règle ses achats avec un billet de 37 euros imprimé au dos d'une étiquette de Camembert.

2e station - Ils se saisirent de Jésus. Portant lui-même sa croix, Jésus sortit en direction du lieu-dit le crâne, ou calvaire, en hébreu : Golgotha. (Jean, 19, 17)

2

Valence (Département de la Drôme), lundi 3 novembre

« Valence, porte de la Provence ! » Ah, ils n'y vont pas en douceur quand il s'agit de faire passer une pilule un peu trop volumineuse, pensa Casset. C'était le panneau publicitaire payé par l'Office du Tourisme de Valence qui l'annonçait dans le hall de la gare lorsqu'il descendit du train. Il voyait bien Valence mais pour la Provence, il sentait bien qu'il lui faudrait encore faire quelques kilomètres supplémentaires.

Son arrivée à l'Hôtel de Police, un bâtiment flambant neuf visiblement construit à partir d'un plan audacieux mais réalisé à l'économie, avait été saluée avec une finesse d'esprit digne d'une baleine à bosse. La plupart de ses collègues lui avaient proposé de boire une coupe de champagne. Chaque invitation étant bien entendu assortie de ricanements plus ou moins dissimulés. Un Parisien n'est jamais bien vu quand il débarque en province, ça, Casset s'y attendait. Ce qu'il ignorait, c'est que les ragots sur cette affaire iraient jusqu'à Valence et si bas dans la hiérarchie.

Si bas, si bas…

Il est vrai aussi que Casset ne fit rien dans un premier temps pour calmer le jeu. Vexé, touché dans son orgueil, il prit tous ses collègues à contre-poil. C'est même ainsi que lors de son premier entretien avec Berthier, il lui serra la main et, avant même que son nouveau patron ait pu ouvrir la bouche, il lui lança « Non, merci, pas de champagne ! », ce qui ne fit pas du tout rire son nouveau supérieur.

Son intégration n'en fut que plus compliquée. Peut-être était-ce même là ce qu'il cherchait.

Comment aurait-il pu décrire la sourde monotonie de la vie de l'Hôtel de Police de Valence qui faisait pourtant la fierté du directeur départemental de la Police judiciaire, le fameux Berthier dont Carminatti lui avait parlé ? Les constatations et le jugement de Casset furent rapides et sans mansuétude : un fumiste entouré de médiocres dont l'activité habituelle consiste à cumuler les congés avec les jours de récupération, puis les arrêts-maladie avec les trois semaines réglementaires de cure tous les ans. Et pourtant, malgré tant de lacunes, Valence n'était pas la Direction départementale de la Police judiciaire la plus mal classée pour le taux d'élucidation des crimes et délits. A croire que les délinquants se précipitaient d'eux-mêmes vers la souricière, le surnom donné au local dans lequel sont situées les cellules de garde-à-vue.

Dans un premier temps, Berthier n'affecta Casset à aucune équipe en particulier. « Un temps d'observation pour vous avant de vous intégrer dans une unité » lui avait-il dit. La recherche de mes faiblesses avant de pouvoir me liquider définitivement, pensait Casset. Il tenta malgré tout de prendre ce rôle d'observateur au sérieux ; cette position de sniper ne lui déplaisait pas. Il se faisait donc communiquer des dossiers pris au hasard dans le « chrono » des affaires archivées.

Le caractère inhabituel de ces recherches alarma rapidement toutes les unités de l'Hôtel de Police. Alors que son arrivée avait été saluée par des sarcasmes lourds de bêtise et de lâcheté, les collègues de Casset prirent soudain peur tant sa réelle mission leur était peu compréhensible. Il semble même que certains fonctionnaires aient alors entamé une démarche auprès du directeur départemental, Berthier, afin de savoir à quel titre cet inspecteur parisien se permettait de fouiller ainsi dans les dossiers déjà archivés. On craignait visiblement une sorte de chasse aux sorcières et cette crainte n'engendrait pas la sérénité dans certains services de la police valentinoise ; à croire qu'il y avait effectivement des cadavres dans certains placards...

On fit alors comprendre à Casset que les investigations qui lui étaient demandées ne devaient pas ressembler à une inspection de l'Inspection Générale de la Police Nationale.

Il commençait à se renfermer sur lui-même. Il virait nettement à la paranoïa. Si la solitude ne lui pesait pas habituellement, elle semblait quand même aigrir son regard sur ses congénères. Il ne voyait pas comment sortir d'une telle situation sans sombrer dans la détestation de toute l'espèce humaine.

Il est vrai aussi que ses conditions de vie ne l'incitaient pas à un optimisme béat. Après une première nuit à l'hôtel, le service du personnel de l'Hôtel de Police qui n'avait pas encore opté pour l'appellation plus moderne de Direction des ressources humaines l'avait orienté vers Madame Dessale, une plantureuse sexagénaire qui exploitait un immeuble du centre-ville transformé en chambres meublées. Le tout était qualifié de « très convenable » par sa propriétaire, Madame Dessale, une de ces femmes du Sud qui ne se voient pas vieillir ; malgré les irréparables outrages que le temps qui passe lui avait fait subir, elle continuait à minauder tout en proférant des horreurs sur son voisinage. Face à un homme, elle ne pouvait s'empêcher de faire roucouler son cou de dindon.

Lorsque Casset la rencontra, elle était vêtue d'une robe à fleurs qui avait dû être du meilleur goût quarante ans auparavant et portée par plus sémillante qu'elle. Néanmoins, elle persistait à jouer un rôle d'éternel féminin pourtant désormais hors de propos et s'attribuait le titre, enviable et mérité selon elle, de « Meilleure logeuse des fonctionnaires de police récemment mutés à Valence ».

« Un moulin à paroles » pensa Casset tant les explications qu'elle donnait étaient interminables. Elle se flattait pourtant « d'avoir de la conversation », ce qui recouvrait en fait la faculté de pouvoir parler pendant des heures du temps qu'il fait, du temps qu'il a fait et du temps qu'il fera, tout cela sans se lasser et surtout sans se rendre compte de l'ennui qu'elle suscitait chez ceux à qui elle s'adressait. Intarissable aussi sur les avantages de l'immeuble dont elle assurait la gestion, elle s'enorgueillissait de traiter depuis de nombreuses années la clientèle de l'Hôtel de Police de Valence

L'immeuble ne payait pas de mine mais l'impressionnante liste de noms et surtout de grades dont Madame Dessale ponctuait la promotion de son commerce de marchande de sommeil était censée emporter l'adhésion enthousiaste de l'impétrant. Casset eut un haut-le-cœur en découvrant le gourbi dans lequel son administration envisageait de le voir survivre. Des murs lépreux sur lesquels la tapisserie délavée conservait encore les traces de la dernière inondation, un simple lavabo dans un angle de l'unique pièce qui lui était proposée et surtout une sonorisation sans égal qui permettait à chacun des occupants de l'immeuble, propriété de Madame Dessale, de suivre minute par minute toutes les activités de chacun de ses voisins de misère. Pour tout dire, ça sentait l'hôtel de passe sans charme. Sans espoir surtout.

Le refus de Casset surprit la logeuse qui n'avait apparemment jamais essuyé un tel affront. Elle se rengorgea en lui promettant de cruelles déconvenues s'il espérait trouver mieux ailleurs pour le même prix. Selon elle, jusque-là, jamais un fonctionnaire de l'Hôtel de Police n'avait ainsi snobé les offres de Madame Dessale - elle en arrivait à parler d'elle à la troisième personne - et ses prix attractifs.

Son refus surprit encore davantage à l'Hôtel de Police. On en vint même à supposer que ce policier parisien devait bénéficier de ressources ignorées, voire même occultes. Pour la plupart de ses collègues, le fait pour Casset de préférer loger à l'hôtel, un vrai, était non seulement le signe d'une appartenance à une autre classe sociale mais surtout la volonté de rabaisser l'ensemble des flics de Valence ; c'est du moins ainsi que son choix fut perçu par de nombreux policiers…

3ᵉ station – *Jésus tombe pour la première fois sous le poids de la croix.*

3

Valence, Hôtel de Police, jeudi 6 novembre

Pourtant, dès le jeudi matin, ce fut Berthier, le directeur régional, qui lui fit signe depuis la porte de son bureau. « Casset ! Casset ! Venez donc mon vieux, je crois que j'ai quelque chose pour vous. »

C'est donc un peu méfiant quand même que Casset entreprit de franchir le Rubicon qui séparait le marais administratif des hautes solitudes du pouvoir ; il passa le seuil de la porte du bureau directorial.

Le bureau de Berthier était atteint - oui, atteint, comme pour un corps atteint par une maladie - d'une décoration surprenante. Seuls deux murs avaient eu droit aux attentions de son occupant. L'un était couvert de photos de Berthier déguisé en différents types de sportifs : footballeur, pagayeur de torrent, skieur mais, sur cette photo, on avait du mal à le reconnaître, affublé qu'il était d'un bonnet enfoncé jusqu'aux sourcils et engoncé dans un de ces anoraks de curé qui montent jusqu'au menton. On le voyait aussi au sommet de quelque chose vaguement habillé en montagnard mais il était impossible de savoir quel sommet venait d'être vaincu tant on manquait de point de repère. Il aurait aussi bien pu avoir posé dans son jardin que la photo n'en aurait pas été très différente.

Curieusement, un intrus avait réussi à se faufiler dans cet hymne aux facultés sportives de Berthier, un tableautin recouvert de velours rouge présentant une sculpture en étain, en fait une demi-sculpture : un profil de tête de chevalier en armure de combat ; c'était visiblement un souvenir de voyage, sans doute en Andalousie. Le mauvais goût ne faisait visiblement pas peur à l'occupant de ce bureau.

L'autre mur décoré était quant à lui couvert de photos d'un chanteur passé de mode, l'un de ceux qui avaient, en son temps, introduit en France les rythmes syncopés du Rock'n Roll. L'une de ces photos était même ornée d'une vague signature au feutre bleu. Ce fameux chanteur, autrefois célèbre, présentait, il est vrai, une vague ressemblance avec Berthier ; il devait en être le dernier fan. En fait, la ressemblance de Berthier avec ce chanteur concernait surtout les favoris, ces deux touffes de poils disgracieuses qui longent les oreilles des hommes lorsqu'on leur laisse envahir le haut des joues. Bref, on sentait nettement que Berthier avait une grande estime de lui-même, ce qui correspondait parfaitement avec cet usage si déplaisant de l'expression « mon vieux » qu'il avait employée en s'adressant à Casset. Une expression démodée, facilement utilisable par n'importe quel type désireux d'asseoir une supériorité pas si évidente.

- Oui, j'ai quelque chose pour vous, l'informa Berthier. Je vous la fais courte, dit-il en se servant d'un vocabulaire peu en rapport avec son âge. C'est le procureur de Marseille qui demandait en fait une intervention de la Police scientifique. Pour une enquête à Valréas qui semble avoir été massacrée par la gendarmerie locale, une femme sans doute assassinée dans sa maison. C'est dans un petit patelin, à côté de Valréas, Sainte-Solèsne des Vignes. Quand le procureur s'en est aperçu, c'était déjà trop tard... Alors il a fait appel à la PJ de Marseille mais ces messieurs de Marseille n'ont aucune envie de ramasser ce qui reste et de devoir assumer les conneries des gendarmes, je devrais plutôt dire d'un gendarme, le chef de poste qui est paraît-il une catastrophe ambulante. Vous voyez...

- Non, pas du tout. Je ne vois pas ce que je viens faire là-dedans répliqua l'inspecteur.

Casset avait développé au fil de quelque vingt années de bons et loyaux services dans la Police nationale une théorie bien à lui : bien mieux que le doute méthodique de Descartes, sa théorie, c'était le doute systématique. Cette conviction le faisait douter de tout a priori, de façon parfois un peu injuste, certes, mais néanmoins souvent justifiée. Il faut aussi reconnaître que les fréquentations quotidiennes qui sont celles d'un policier tendent à lui faire penser que le monde des humains n'est constitué que de voleurs et de menteurs. Sa méfiance n'avait pas de frontières ou de limites et le fait que ce soit son supérieur hiérarchique qui s'adresse à lui ne changeait rien dans son esprit rempli de doute : voleur, peut-être pas... Alors, c'est un menteur !

Berthier se redressa brusquement sur son siège, un peu comme si un combat allait commencer. Pourtant Casset n'avait pas eu l'impression de se montrer agressif. Peut-être le ton délibérément tranchant qu'il avait adopté avait-il surpris son chef.

- Mais si ! C'est justement là que vous intervenez. La Police scientifique est débordée, personne de disponible avant plusieurs semaines sur Marseille. Le Parquet a donc sollicité la PJ de Lyon. Nouveau refus. Puis, c'est redescendu jusqu'à Avignon qui l'a transmis à Valence et c'est ce que je vous offre. On présentera ça comme un enquêteur parisien, donc le haut du panier, pour reprendre tout à zéro chez les péquenauds, dit-il attendant une réaction de Casset.

Rien ne vint. Berthier dut donc poursuivre :

- Si vous vous en sortez avec les honneurs, ça peut changer beaucoup de choses pour vous… Et vous aurez à votre disposition une voiture du service.

Attendait-il vraiment une adhésion enthousiaste de Casset à cette proposition ? Il essayait visiblement de se montrer convaincant ; le regard torve de Casset le ramena vite à la réalité.

- Alors ? demanda-t-il.
- Alors quoi ? répliqua son subordonné d'un ton presque provocant.
- Eh bien, ça ne vous dit rien ?
- Franchement ? Franchement non, ça ne me dit rien qui vaille. Qu'est-ce que je vais aller foutre dans ce merdier ? dit-il sans concession à l'apparence d'offrande dont Berthier tentait de colorer son discours.

Constatant que la dialectique, qu'il estimait pourtant subtile, n'avait pas eu les effets qu'il escomptait, Berthier en revint à ses fondamentaux.

- C'est un ordre ! C'est vous qui êtes en charge de cette enquête, mon vieux. J'attends des résultats et rapidement. Mais n'oubliez pas que sur cette affaire, vous n'êtes qu'enquêteur. Enquêteur en zone de gendarmerie, vous ne serez donc pas le patron.

Sans même attendre la fin de la dernière phrase prononcée par son supérieur hiérarchique, Casset tourna les talons et lança un « A vos ordres donc puisque c'est un ordre ! » à peine audible. Il eut un moment l'envie de conclure son intervention d'un « mon gros » afin de faire le pendant aux « mon vieux » qui ponctuaient les directives de Berthier. Un ultime sursaut de réalisme administratif et disciplinaire l'en dissuada ; il était quand même fonctionnaire... Tête brûlée, un peu... mais pas complètement, et surtout pas suicidaire non plus... Il renonça donc à se faire plaisir. Puis, se retournant alors qu'il était sur le seuil du bureau « Je suppose que je dois partir tout de suite pour... Valréas, c'est bien ça ? La gendarmerie ?... » et, sans même attendre l'approbation de Berthier, il quitta l'Hôtel de Police de Valence.

> *4ème station - Comme ils l'emmenaient, ils prirent un certain Simon de Cyrène qui venait de la campagne et ils le chargèrent de la croix pour la porter derrière Jésus.* (Luc 23, 26)

4

Valréas, le même jour, 6 novembre

Les voitures de service sont toujours « un grand moment » dans la vie d'un fonctionnaire et cela quelle que soit l'administration à laquelle il est rattaché. Un moment de doute parfois lorsqu'elles peinent à démarrer, un moment de crainte lorsqu'elles peinent à freiner, le plus souvent un moment de dégoût devant leur état de saleté repoussant.

La 205 Peugeot qui fut ainsi allouée à Casset lui sembla réunir tous les critères en même temps, sale, mal entretenue, hésitante pour le freinage et rétive au démarrage. Le responsable du garage de l'Hôtel de Police lui confia cependant le secret permettant de la mettre en route : « Il suffit de pomper deux fois sur l'accélérateur, deux fois, pas plus, sinon on noie le moteur, puis vous actionnez rapidement le démarreur. Après trois essais infructueux, il vous faudra attendre au moins un bon quart d'heure avant de tenter un nouvel essai. Ou, le mieux encore, c'est de la garer dans une descente ; comme ça elle démarrera toujours ! » Pour les freins, il lui conseilla également la technique du pompage, « Attention ! Sur le frein ! Et sans limite cette fois ! » crut-il nécessaire de préciser. Il semblait fier de ses connaissances mécaniques. Une longue expérience de l'administration lui avait enseigné que la débrouillardise est la plus sûre des dotations pour le matériel.

Sous le regard attentif et un rien anxieux de ce fonctionnaire astucieux, Casset prit place à bord de la fameuse 205 Peugeot. Pour une fois bon élève et respectueux des instructions qui lui avaient été données, il se contenta de pomper deux fois sur la pédale d'accélérateur avant d'actionner la clé de contact du démarreur. Le moteur de la 205 frémit, faiblit, se tut, se reprit, brouta enfin avant de réellement démarrer en lâchant un épais nuage de fumée bleue au grand soulagement de son père spirituel, le responsable de l'entretien des véhicules de l'Hôtel de Police. L'inspecteur pouvait dorénavant aller se faire tuer sur les routes, ce n'était plus sa responsabilité.

La peur avait changé de camp. Casset s'en rendit immédiatement compte alors qu'il roulait vers Valréas au volant de cet engin peu maîtrisable.

Il ressentit une curieuse impression dont il eut dans un premier temps du mal à discerner l'origine. Etait-ce le sentiment d'incertitude lié au manque de confiance que lui inspirait la conduite de la 205 Peugeot poussive et à bout de souffle fournie par l'Hôtel de Police ? Apparemment elle avait déjà servi dans un autre corps puisqu'elle conservait, mal dissimulé sous une mince couche de peinture, un encart au bas de la carrosserie la faisant dépendre d'une origine plutôt agricole, l'Office national des forêts. Celui-ci avait dû estimer que la vie au grand air conférait à ses voitures de service une longévité leur permettant une seconde vie dans une autre administration plus urbaine. La refiler au Ministère de l'Intérieur avait dû être un réel soulagement pour les forestiers !

En fait, la surprise de Casset tenait surtout à l'aspect de la nature qui défilait sur les quelques kilomètres séparant la sortie de l'autoroute de la ville de Valréas. Il se rendit compte qu'il ne connaissait qu'une moitié de la Provence. Celle qu'un touriste parisien peut voir au printemps et en été ; un temps sec mais joyeux, baigné de soleil. Or, le spectacle qui s'offrait à lui n'avait aucun de ces caractères. Si la nature demeurait verdoyante, le vent qui soufflait sur les collines tordait la cime des arbres. Ceux-ci semblaient raccourcir pour mieux résister, un peu comme s'ils se repliaient sur eux-mêmes. Une pluie intermittente, rabattue par un vent tourbillonnant, mouillait la chaussée et collait les feuilles mortes au sol. Les villages qu'il traversait étaient déserts ; les quelques personnes âgées qui devaient y résider toute l'année ne se risquaient pas dehors par un tel temps. Elles attendaient l'accalmie qui ne tarderait pas à venir faisant que seul le vent soufflerait ; un vent du nord sec et froid, un vent qui assèche tout.

Une nature bipolaire en quelque sorte, les habitants de cette région étaient-ils eux aussi atteints de cette forme de dépression passagère mais toujours renouvelée ? Il ne le savait pas encore mais il ne tarderait pas à le découvrir.

En s'aventurant en « terre de gendarmerie », il avait conscience de franchir une limite réputée délicate. Ses collègues policiers ne regardaient qu'avec condescendance les gendarmes, fatalement en poste dans les zones rurales. Rien que l'emplacement des gendarmeries les faisait sourire : toujours à l'entrée d'un bourg, toujours construites selon le même plan en matériaux de mauvaise qualité, un bâtiment rectangulaire sans recherche ni élégance mais simplement édifié à la va-vite afin d'abriter le minimum requis pour avoir l'air sérieux. Les bureaux au rez-de-chaussée et quelques médiocres appartements exigus à l'étage. Le plus vaste de ces logements étant alloué d'office au chef de la brigade, les autres sont répartis en fonction de l'ordre d'arrivée. Une sorte de bouillon de culture dans lequel tout se sait, se murmure et, surtout, où tout rancit.

Tout cela, Casset ne le savait que trop, même s'il ne s'en amusait plus depuis longtemps. Pour Valréas, l'emplacement de la gendarmerie n'échappait pas à la règle ; l'enseigne lumineuse marquée en noir sur fond bleu-blanc-rouge lui apparut seulement quelques mètres après l'entrée dans l'agglomération.

La seule concession au progrès provenait du système d'ouverture de la porte donnant accès à la brigade. Un dispositif de portail électrique muni d'une caméra avait été installé depuis peu ainsi qu'en témoignait l'absence de peinture autour de la platine qui comportait plusieurs noms inscrits sur des bouts de papier blanc maladroitement scotchés. Seul le premier bouton mentionnait une indication gravée lui conférant un caractère officiel incontestable : « Brigade ». Après quelques secondes d'attente, Casset entendit une succession de sons gutturaux finissant en un gémissement de Larsen insupportable. Il décida qu'on lui demandait ce qu'il voulait. Il annonça qu'il devait parler au chef de la brigade ; en réponse il entendit quelque chose comme « é on, euh, ou ou ve ! ». Il y avait donc bien quelqu'un de vivant à l'intérieur du bâtiment. Cette preuve de vie fut suivie d'un nouvel effet de Larsen avant qu'un léger bourdonnement signifiant que le verrou électrique venait de se débloquer et lui permit ainsi d'entrer.

L'intérieur des locaux de la brigade de Valréas s'accordait parfaitement à l'aspect miteux du bâtiment. Un sol en carrelage beige, deux malheureuses chaises à l'assise recouverte de skaï gris-vert, luisantes de crasse, ces chaises dont les administrations françaises semblent avoir l'exclusivité. Dès son entrée, Casset remarqua également les murs ornés des sempiternelles affiches incitant à rejoindre les rangs de la Gendarmerie afin peut-être d'y retrouver un jeune homme et une jeune femme à l'élégance un peu raide portant fièrement l'uniforme d'hiver bleu marine et arborant sans complexe le képi pour Monsieur et une spirituelle petite bombe pour Madame. Ce bibi qui rappelait vaguement le chapeau de la Guardia Civil espagnole, ce drôle de demi-bicorne raccourci en carton bouilli et verni, qui avait tant fait rire des générations de touristes français lors de leurs vacances en Espagne.

Un jeune gendarme attendait le chaland, installé derrière une banque d'accueil. En apercevant Casset, il se mit immédiatement au garde-à-vous.

- Maréchal des logis Jacquet, faisant office de chef de brigade en l'absence du chef de brigade ! A votre service Monsieur l'inspecteur Casset.

Le tout sans respirer et en conservant un air sérieux. Casset siffla d'admiration. Bien vite il se repentit de sa réaction tant elle sembla déstabiliser le petit gendarme qui l'accueillait. Jeune, sans doute pas plus de trente ans, ses cheveux blonds déjà rares le vieillissaient prématurément et la moustache qu'il tentait de laisser pousser ne parvenait pas, malgré ses efforts, à lui donner l'aspect de virilité qu'il semblait rechercher.

- Comment diable pouvez-vous savoir qui je suis ? l'interrogea Casset. Je ne vous ai même pas donné mon nom.
- C'est que, Monsieur l'inspecteur, il n'y a qu'un inspecteur parisien pour porter une cravate noire ; le notaire aussi mais, lui, on le connaît, dit-il en se remettant au garde-à-vous.
- Bien vu, concéda Casset. Finement observé même ! Et vous êtes responsable de la brigade à titre temporaire en l'absence de l'adjudant ?
- Maréchal de logis Jacquet, faisant office de chef de brigade à la brigade de Valréas, en l'absence de l'adjudant Meynier ! répéta-t-il de nouveau sans respirer constata Casset.
- Il a un problème ? C'est grave ? demanda-t-il un peu par politesse mais surtout pour essayer de mettre le petit gendarme à l'aise.
- Un problème personnel, je crois…
- Bon, vous savez pourquoi je viens ?
- Oui, je crois bien que oui, Inspecteur. C'est pour le dossier Balducci Louisette, le décès suspect à Sainte-Solèsne des Vignes.
- C'est ça. C'est bien ça, lui répondit Casset. Et vous savez ce qui a cloché dans l'enquête ? Il paraît que je dois tout reprendre.
- Je le sais, Monsieur le Procureur de la République nous en a informés. La Brigade n'a donc poursuivi que l'enquête d'usage, l'audition des principaux témoins.
- Et alors ?
- En fait, pas grand-chose, et pour ainsi dire rien. Il n'y a aucun témoin direct, juste les gens qui étaient

présents dans le village. Mais ce n'étaient que des auditions de pure forme. Sur instruction de Monsieur le Procureur, il fallait attendre votre arrivée pour reprendre l'enquête. Tout ce qu'on a pu constater, c'est que la victime avait les mains et les pieds entravés par des liens. Mais personne ne le sait encore hormis dans la brigade.

- Ah… Je vois... Que ça reste secret pour l'instant. Il doit y avoir une autopsie en cours…
- Oui, Monsieur l'inspecteur. C'est l'Institut de médecine légale de Lyon qui en est chargé. Le résultat est attendu pour demain.
- Bien, mais alors, qu'est-ce qui a merdé au début ? reprit Casset

Le vocabulaire parfois utilisé par l'inspecteur semblait déstabiliser le gendarme. La grossièreté ne cadrait pas avec l'idée qu'il se faisait visiblement de la hiérarchie. Un peu ébranlé, il tenta de reprendre le cours de ses justifications.

- Euh, moi je n'ai fait que suivre les ordres.
- C'est pas ce que je vous demande. Qu'est-ce qui a merdé ?

Il se remit au garde-à-vous. Comme ça, sans raison. Sans raison apparente aux yeux de Casset qui n'avait pas eu conscience que son vocabulaire ait pu choquer le gendarme. En fait, Jacquet se préparait à botter en touche.

- Je crois que notre adjudant avait déjà des problèmes. Des problèmes personnels mais je ne peux que vous inviter à interroger les autorités supérieures à ce sujet.
- Bon, on verra ça. On peut aller sur place maintenant ?
- Bien sûr Monsieur l'inspecteur. L'enterrement aura lieu demain si le corps est rapatrié à temps par l'Institut de

médecine légale de Lyon. Mais on peut aller sur place dès maintenant. En fait, dès que la patrouille sera rentrée, je vous y conduirai. Ici, on n'a plus qu'une seule voiture qui peut encore rouler et elle sert à la patrouille de quinze heures. Elle dure une heure s'ils n'ont rien trouvé.

- Non, non, il n'est pas question d'attendre. J'ai mon carrosse dehors, je vous emmène, c'est vous qui me ferez le Tom-Tom.

Jacquet qui s'était remis au garde-à-vous, tenta de s'opposer à l'injonction de Casset.

- Mais c'est impossible Monsieur l'inspecteur. En service, un gendarme n'a pas le droit d'user d'un autre moyen de transport que ceux de son corps.
- Oh ! Ecoutez-moi Jacquet… et arrêtez de vous mettre au garde-à-vous dès que je vous parle ; il faut que j'aille sur place, tout de suite. Vous comprenez ? Vous avez des instructions, vous n'avez pas le choix, c'est un ordre ! Montez dans ma voiture. Vous n'en mourrez pas, ça doit bien faire deux ans que je n'ai pas tué un passager…

Le regard du jeune gendarme devint flou. Visiblement, l'ironie non plus ne faisait pas partie de son univers mental.

- Oh !... C'est une blague…, précisa Casset pour dérider son interlocuteur.

Encore un peu gêné, Jacquet accepta à contrecœur de monter dans la fameuse 205 issue de l'Office national des forêts et confiée à Casset pour les besoins de cette enquête.

Le village de Sainte-Solèsne des Vignes n'est situé qu'à quelques kilomètres de Valréas. Jacquet, encore contrarié par l'incroyable manquement à la discipline qu'il était en train de commettre, était sobre dans ses indications routières, presque laconique. Il continuait à user du vocabulaire technique de la gendarmerie. « A droite à l'intersection » puis « Tout droit après le signal *cédez le passage* » ou encore « Après votre insertion sur la départementale, restez à droite pour prendre la première bretelle de sortie ».

Afin d'adoucir un peu l'ambiance, Casset l'interrogea sur sa situation familiale. Peut-être surpris par ce trait d'humanité de la part d'un policier parisien, race jusque-là inconnue du jeune gendarme qui était originaire de Tourcoing, Jacquet, tout à coup mis en confiance, se montra presque intarissable : marié, il venait d'avoir une petite fille prénommée Jennifer. Alors qu'en service il se bridait et n'était que le maréchal des logis Jacquet, lorsqu'il évoquait sa vie familiale, ce n'étaient que des « nous » tant il semblait fusionnel avec son épouse. Il semblait heureux, heureux d'évoquer sa famille. Il n'osa cependant pas interroger Casset sur sa vie ; peut-être les bruits de couloirs sur la situation matrimoniale de Casset étaient-ils parvenus jusqu'à lui… De toute façon, ça valait mieux. Après son divorce catastrophique, il était encore en phase de reconstruction et, comme il se l'avouait à lui-même, les fondations à peine achevées, il était encore loin des travaux d'embellissement !

- Nous allons faire équipe, lui dit Casset. Je crois comprendre ce qui a pu se passer. Ne soyez pas tendu avec moi, vous savez, je ne suis pas là pour vous juger ou vous sanctionner. Juste pour reprendre une enquête et tenter de sauver ce qui peut l'être… Entre autres la réputation de la police et de la gendarmerie.

Jacquet opina. La solennité du moment, l'évocation de la réputation et de l'honneur de la gendarmerie, avaient provoqué en lui comme un début de réflexe conditionné ; il avait lutté contre la tentation de se mettre une nouvelle fois au garde-à-vous mais la position assise l'en avait dissuadé. Un gendarme ne se met pas au garde-à-vous quand il est assis !

De son côté, Casset, à peine après avoir prononcé cette mâle injonction fut soudain rempli de doute. C'était donc avec l'assistance de ce petit gendarme sans expérience qu'il allait devoir faire équipe pour sauver quoi ? Il ne comprenait même plus de quel honneur ou de quelle réputation il avait parlé…

> *5ème station* — *Près de la croix de Jésus se tenaient debout sa mère, la sœur de sa mère, Marie, femme de Clopas et Marie de Magdala. Voyant ainsi sa mère et près d'elle le disciple qu'il aimait, Jésus dit à sa mère : « Femme, voici ton fils. » (Jean 19.25)*

5

Sainte-Solèsne des Vignes, le même jour

A peine quinze kilomètres les séparaient de Sainte-Solèsne des Vignes. Un petit village provençal perché sur une colline surplombant une plaine de vignobles à perte de vue. Le bourg était constitué de quelques maisons entourant le bâtiment qui abrite la mairie, l'école, le bureau de poste temporaire - autant dire qu'en fait il est fermé la plupart du temps - le reste du village, situé dans la plaine dominée par le bourg était une juxtaposition de grosses fermes entourées de vignes.

Le maréchal des logis Jacquet tenait à ce que leur visite sur les lieux de l'enquête soit annoncée au maire de Sainte-Solèsne des Vignes. Ils durent donc s'arrêter à la mairie où l'unique employée leur annonça avec un accent alsacien incongru dans ce village provençal que « Monsieur l'maire, il doit sans doute être à la ferme » et qu'il ne passait que rarement l'après-midi à la mairie.

- Moi, j's'rais d'vous, c'est là qu'j'irais, à la ferme…

Casset estima cependant qu'ils avaient perdu assez de temps comme ça et que la présence du maire n'avait vraiment rien d'indispensable. « On s'en passera ».

- Eh bien, allons sur les lieux du drame ! conclut-il en se servant volontairement du vocabulaire des journaux spécialisés dans les faits divers trash.

Son trait d'esprit laissa Jacquet indifférent ou peut-être ne le comprit-il pas… Il était surtout contrarié par le sans-gêne de cet inspecteur parisien qui négligeait les autorités locales au mépris de toutes les consignes régulièrement rappelées aux gendarmes.

- On en est loin ? interrogea Casset alors qu'il s'apprêtait à remonter dans sa voiture.
- Non, Monsieur l'inspecteur, en fait on y est. C'est la maison à droite de la mairie. C'est que Balducci Louisette ne vivait plus dans sa ferme depuis des années.
- Ah bon ? Elle avait aussi une ferme ?
- Oui, la ferme Balducci. En général, ici, on leur donne le nom du propriétaire. Celle-là, c'est la ferme Balducci parce qu'elle appartenait à la famille Balducci. La morte s'appelait Balducci Louisette. Mais pour les maisons de village, on ne donne pas de nom particulier. On dit que c'est la maison de Madame Balducci, c'est tout…
- Ah oui, je vois, c'est effectivement très différent, dit Casset. Et, elle vivait seule dans cette maison ?
- Oui, Monsieur l'inspecteur. Elle avait bien été obligée de quitter sa ferme après son divorce du fait de son état.
- Son état ? Mais de quoi me parlez-vous ? Même si elle a divorcé, je ne vois pas le rapport, dit Casset.
- Mais vous ne savez donc pas dans quel état elle était ?
- Et non, mon pauvre Jacquet. Vous voyez comme c'est beau la police française. On m'envoie enquêter sans même me donner les premiers éléments du dossier. Tout

ce que je sais c'est que le début de l'enquête a été… comment dire ? Bâclé ? Massacré ? Alors qu'est-ce qu'elle avait de si particulier cette pauvre dame ?

- Elle était un peu… estropiée. Depuis son divorce, elle ne pouvait plus vivre seule dans sa ferme, la ferme Balducci. Apparemment, c'est pour ça qu'elle avait emménagé dans la petite maison.

- Et à quand remontent les faits ? demanda Casset.

- C'est arrivé il y a quatre jours. Un lundi puisqu'on est jeudi…

- Bien vu, répondit l'inspecteur un rien taquin…

Jacquet le fixa d'un regard plus vide qu'interrogateur. Il se demandait si Casset le félicitait ou se moquait de lui. L'inspecteur comprit que, décidément, l'ironie lui était visiblement totalement étrangère. Comment peut-on plaisanter, tenter de faire de l'esprit quand on a une tâche aussi noble à accomplir que celle d'assurer l'ordre et la sécurité de ses concitoyens ? C'est ce que se demandait le gendarme Jacquet.

Ils en étaient là de leurs réflexions respectives lorsqu'ils virent débarquer une sorte de boule d'énergie, court sur pattes, les cheveux bruns en bataille, pas rasé depuis trois jours et vêtu à la manière d'un gentleman-farmer négligé. En fait, plus farmer que gentleman. Des fringues de prix, sans doute, de marque même, mais franchement froissées, peut-être jamais repassées. Il se dégageait néanmoins de lui une énergie qu'il devait penser communicative.

- Jacques Espérendieu, dit-il en tendant une main ferme et calleuse à Casset. Je suis le maire de Sainte-Solèsne des Vignes.

- Inspecteur Pascal Casset, répondit sobrement l'inspecteur sans chercher à engager la conversation plus avant.

Il s'était retenu pour lancer sa réplique habituelle à ce genre de présentation qui lui faisait trop souvent répondre « Oh ! Personne n'est parfait ». Au fil du temps, il s'était lui-même lassé de son humour dans ce type de situation. Il avait donc choisi la sobriété.

Un peu refroidi par l'attitude distante de Casset, Espérendieu tenta une nouvelle entame.

- Je viens d'avoir le Procureur de la République au téléphone. Il m'a indiqué que le corps de cette pauvre Louisette serait rapatrié de l'Institut de médecine légale de Lyon dès demain matin à la première heure ; juste à temps pour l'enterrement ! J'espère que maintenant ça va aller vite…

- Vite ? interrogea Casset d'un ton faussement naïf. C'est comme vous voulez. Si c'est vraiment votre souhait, je peux clôturer dès maintenant. Ce sera l'enquête la plus courte de ma carrière mais c'est possible : crime non élucidé. Ce ne serait pas une rareté ; on le sait peu mais en France, la moitié des crimes n'est pas élucidée… Et la police française n'est pas la plus mauvaise du monde.

Espérendieu qui n'avait sans doute que l'air stupide sentit bien qu'il convenait pour lui de mieux expliquer le sens de sa demande.

- Non, Monsieur l'inspecteur, vous m'aurez mal compris ou je me serai mal exprimé mais c'est que, voyez-vous, je suis quand même le maire de ce village et mes administrés, je veux dire les gens d'ici, ils s'inquiètent. La mort de cette pauvre Louisette, dans des conditions aussi étranges, ça nous a tous attristés. Vous savez, on commence à murmurer. Un des pompiers aurait vu que la pauvre Louisette avait les mains et les pieds attachés. Ce ne serait pas un accident ! Personne n'en sait rien mais tout le monde se met à avoir son idée. C'est très malsain. Et il y a ce pauvre chien, le chien de Louisette, dont on ne sait pas quoi faire et qui commence à déranger tout le village. Depuis la mort de sa maîtresse, il hurle à la mort en permanence. Il n'y a que Tony, Tony Brochenille, son cousin. Je veux dire le cousin de cette pauvre Louisette qui peut le calmer… le chien. Je veux dire qui peut le calmer… le chien qui hurle à la mort…

Le maire du village s'enferrait dans ses explications tortueuses. Il était visiblement déstabilisé par le regard de l'inspecteur et son air étonné. Espérendieu dut expliquer que Louisette Balducci avait un chien, un berger allemand, qui ne la quittait jamais, un certain Founet, « Founet, le diminutif de Ralph » crut bon d'expliquer Espérendieu. Ce sont même ses aboiements qui avaient attiré l'attention d'un membre du conseil municipal alors qu'ils étaient en réunion. Inquiet de ces bruits, il avait ouvert la fenêtre de la salle du conseil qui donne sur l'arrière de la mairie et d'où on a vue sur le jardin de Louisette Balducci situé derrière sa maison. C'est à ce moment-là qu'il avait remarqué l'odeur de brûlé puis vu les flammes qui sortaient de la maison de Louisette Balducci ; et pour le chien, le maire précisa une nouvelle fois qu'ils avaient dû le confier au cousin de Louisette, Tony Brochenille, qui était le seul à pouvoir le tenir puisqu'il était presque comme son maître du fait de sa proximité avec sa cousine. Mais bien d'autres choses l'inquiétaient ainsi qu'il le confia à l'inspecteur.

- Et puis, tout le monde sait ce qui s'est passé pour l'enquête, poursuivit Espérendieu, on sait comment les premières constatations ont été massacrées par l'adjudant Meynier. C'est le procureur qui me l'a dit. Avec les bruits qui courent sur le fait que la pauvre Louisette aurait été attachée, les gens ont peur. Tout le monde en vient à soupçonner tout le monde ! On ne sait pas ce qui s'est passé. D'abord, on a cru que c'était un accident, ça nous rassurait ! Non, je veux dire que c'était triste mais pas alarmant, hein, vous me comprenez... Mais maintenant les gens pensent à quelque chose de plus grave ! On commence à imaginer qu'elle a été victime d'un acte criminel. Vous ne le savez peut-être pas, vous êtes parisien, mais un village comme le nôtre n'est qu'une petite communauté ; petite et fragile...

- Eh bien... - le maire attendait visiblement une réponse apaisante - Eh bien, je peux vous dire que tout le monde a raison de soupçonner tout le monde ! répliqua Casset pour couper court à une conversation qui n'avait déjà que trop duré à son gré.

- Je ne dis pas qu'il n'y a pas de problème ici à Sainte-Solesne ou même dans l'Enclave...

- L'enclave ?

- Oui, l'Enclave des Papes. Ici, nous sommes encore dans le Vaucluse mais c'est une enclave dans le département de la Drôme ; c'est historique, du temps des papes à Avignon. Ils avaient voulu étendre leur domaine. Administrativement, ça complique un peu les choses car on dépend d'Avignon et pas de Valence mais on s'en sort !

- Bon, mais alors quels sont vos vrais problèmes ? demanda Casset.

- L'eau, c'est notre problème, depuis toujours. C'est un peu du Pagnol, vous savez.
- Mais l'eau, vous en avez. J'ai même vu une rivière en arrivant ici, répondit Casset.
- De l'eau, on en a, ça je ne le nie pas. On en a pour nous. Je veux dire que nous puisons tous dans la même nappe pour nos besoins domestiques. Non, ce qui risque de manquer, c'est l'eau pour l'irrigation, celle du Lez, la petite rivière que vous avez pu voir en arrivant dans notre village.
- Elle n'est pas à sec, je l'ai vue en passant. Bon, ce n'est pas l'Amazone mais elle coule, votre rivière, dit Casset qui se demandait bien jusqu'où le maire allait l'entraîner.
- Non, c'est sûr, elle n'est pas à sec, disons qu'elle est capricieuse. En hiver, à l'automne comme maintenant ou même au printemps tout va bien mais l'été, là, ça change. Nous avons besoin de l'eau pour irriguer mais on se trouve en concurrence avec les estivants, ceux que vous appelez les touristes. Ils font des barrages sur le Lez pour pouvoir se baigner ; ça a le don d'énerver ici. Alors, certains, le soir venu, descendent vers le Lez et détruisent ces petits barrages ; ça n'a l'air de rien mais l'été dernier, ça a failli mal tourner, n'est-ce pas Monsieur Jacquet ?
- Oui, Monsieur le maire, notre brigade a dû intervenir pour mettre fin à un risque de trouble à l'ordre public, se risqua timidement Jacquet sorti de son mutisme à la demande d'Espérendieu.
- Vous voulez dire qu'on est passé à deux doigts d'une grosse galère. C'est qu'ici, quand on n'est pas content, c'est au fusil que ça se règle ! Et là, mes chasseurs… Attention hein, ils sont pas à moi, je les maîtrise pas hein… Eh bien ces chasseurs, ils avaient les fusils dans les voitures quand

ils sont allés détruire le barrage des estivants. Bon, ça s'est plutôt bien fini grâce aux gendarmes.

Les considérations sociologiques d'Espérendieu, le maire de Sainte-Solèsne, n'intéressaient que modérément Casset. Il profita néanmoins de sa présence pour en savoir un peu plus sur le contexte et les circonstances qui auraient pu être à l'origine de la mort de Louisette Balducci.

- Selon vous, Monsieur le Maire, à qui pourrait profiter la mort de Louisette Balducci ? dit Casset en usant d'un vocabulaire volontairement racoleur.

- Oh ! A personne ici ! Qui aurait pu faire une chose pareille ? Non, non, aucun d'entre nous, je veux dire aucun des habitants de Sainte-Solesne. C'était une innocente notre Louisette, elle était toujours restée un peu une enfant malgré qu'elle avait plus de cinquante ans, répondit Espérendieu.

- Alors, au moins, qui va hériter puisqu'on me parle d'une ferme, de terres agricoles et d'une maison dans le village ?

- Hériter ? Sans doute sa famille. Elle n'avait pas d'enfants. Peut-être son mari, mais il est parti et je ne sais pas s'ils sont officiellement divorcés. Sa famille, c'est Madame Brochenille puisque sa mère, la mère de Louisette hein, et bien c'était en fait une fille Brochenille avant de se marier avec le vieux Balducci. Enfin, je pense qu'il était pas vieux quand ils se sont mariés… Hein… C'est sa tante, je veux dire… c'était sa tante à Louisette. La mère de Tony. Tony Brochenille, c'est donc son cousin, je veux dire c'était son cousin puisque la mère de Tony, c'est la tante ou plutôt, c'était la tante de Louisette… Euh ? C'est clair ?

L'inspecteur demeura silencieux mais continuait à regarder le maire de Sainte-Solèsne des Vignes.

Espérendieu était visiblement gêné par une question qui n'avait pourtant pas encore été posée, ou plutôt par la réponse qu'il devait livrer au policier.

- Non mais vous ne pouvez pas soupçonner Madame Brochenille, cette pauvre femme, ni Loulou, son mari. Ils ont plus de quatre-vingts ans tous les deux.
- …

Le silence interrogateur de Casset le contraignit à poursuivre.

- Non, ni leur fils, Tony, Tony Brochenille, dit-il afin de s'opposer à une accusation que Casset n'avait pourtant pas formulée. En plus, il est membre du Conseil municipal et il était en réunion avec nous le jour de l'incendie.

Et, afin semble-t-il d'étayer son propos, il poursuivit.

- Mais pour Tony, c'est lui qui la fait vivre, oh, je veux dire qui la faisait vivre, hein ; il a repris les terres des Balducci. Il paye un fermage à sa cousine, enfin, il payait un fermage… Oh, mais pas bien gros. Non, mais il n'avait aucun intérêt à sa mort. Pour lui, elle était un peu comme une grande sœur un peu fragile ou une seconde mère. Tout le monde vous le dira, il était d'une vraie gentillesse avec elle. C'est un garçon plutôt rustique, si vous voyez ce que je veux dire, mais il avait des attentions surprenantes à son égard. Je crois vraiment qu'il avait pour elle une réelle affection, je vous le disais, presque comme pour une mère…
- Vous dites que le fermage n'était pas bien gros ?

- Oui, mais il n'y avait pas vraiment de choix. Elle ne pouvait louer à personne d'autre qu'à Tony. Vous savez, ici, les gens se connaissent tous. On connaît ce que chacun possède. Tout le monde se jalouse un peu. Pas qu'un peu même ! Alors, il n'est pas envisageable pour quelqu'un de favoriser l'un plutôt que les autres. Non, elle ne pouvait louer qu'à Tony puisque c'est sa famille ; mais aucun des deux ne s'en plaignait. Non, vous feriez fausse route en cherchant de ce côté. Vous auriez dû voir Tony le jour de l'incendie. On vous l'a peut-être déjà dit mais il pleurait comme un enfant et pourtant, c'est un dur, croyez-moi, je vous l'ai dit, un rustique ! Et, en plus, il a déjà tout entre les mains… Non, il n'avait rien à gagner avec la mort de sa cousine.

- Rassurez-vous, lui répondit Casset, nous n'en sommes pour l'instant qu'au tout début de l'enquête. Je n'ai vraiment aucune idée de la direction vers laquelle nous nous dirigerons. Et, c'est vrai, je ne connais même pas encore les circonstances et l'origine de cet incendie.

Les derniers échanges avaient eu lieu en cheminant vers la maison de Louisette Balducci. Ils n'avaient en fait parcouru qu'une quinzaine de mètres puisqu'elle était effectivement presque contiguë au bâtiment de la mairie. Elle n'en était séparée que par un large portail qui permettait d'accéder ainsi directement au jardin situé sur l'arrière de cette petite maison provençale. Le jardin, que l'on pouvait apercevoir depuis la rue principale, descendait en pente douce jusqu'à une haie d'arbres qui fermait la perspective. La maison elle-même n'avait que peu de cachet ; on y accédait par un petit portillon ouvert dans un muret d'enceinte surmonté d'une grille en fer forgé. Elle comportait un seul étage et un jardinet à l'abandon situé devant la maison elle-même. Curieusement, alors que l'on avait annoncé à Casset une mort suspecte après l'incendie d'une maison, la demeure de Louisette Balducci, dans la lumière déclinante de cette fin d'après-midi, ne semblait pas avoir subi de dommages.

Casset se tourna vers le gendarme et lui demanda d'ouvrir la porte de « la maison du drame ». Sa seconde tentative de petite blague ne fit pas plus rire Jacquet que la première. Après s'être un peu battu avec le trousseau de clés le jeune gendarme finit par trouver celle qui permettait d'ouvrir la porte donnant sur la rue.

Immédiatement, une odeur de bois brûlé s'échappa du couloir auquel la porte maintenant ouverte, donnait accès. Ils pénétrèrent en file indienne à l'intérieur de la maison.

- Y a-t-il eu effraction ? demanda Casset.
- A vrai dire, on ne sait pas, répondit Jacquet. La porte qui donne sur la rue était fermée de l'intérieur mais pour l'arrière de la maison, on ne peut pas savoir. Ce sont des baies vitrées… et les pompiers les ont carrément fait exploser. On ne peut pas leur reprocher, il y avait le feu, conclut le gendarme.

« C'est sombre car les pompiers coupent toujours l'électricité », précisa Jacquet. Malgré le mauvais traitement que Casset lui avait imposé, Espérendieu, sans doute fort de son statut d'élu, les avait suivis depuis la mairie et entendait bien apporter sa contribution à l'enquête. Le maire les accompagnait donc mais, soudain prudent, se tenait un peu en arrière des deux enquêteurs.

Le couloir donnait accès à plusieurs pièces, une cuisine à gauche, un genre de petit salon à droite qui, lui-même, donnait sur une alcôve qui servait visiblement de chambre à Louisette Balducci. L'impression d'absence de vie dans cette pièce tenait sans doute moins à ce qui avait eu lieu quelques jours auparavant qu'à la triste façon dont elle était meublée. Sans goût. Ou plutôt sans idée. Des meubles disparates, sans liens entre eux. On avait visiblement réuni là des meubles qui avaient déjà servi. A la va-vite, dans l'urgence ou la facilité. Un miroir dans un cadre en bois imitant le bambou, un canapé dont les accoudoirs en skaï noir fatigués encadraient des coussins d'assise encore plus fatigués et un curieux meuble de cuisine deux-corps en formica gris. Curieux car il n'avait à l'évidence rien à faire dans un salon. Les deux portes de sa partie haute étaient vitrées. On avait glissé devant les deux vitres, coincées dans la fine gouttière qui leur servait de support, des cartes postales. Biarritz, Nice, Menton… Casset ne put s'empêcher de prendre l'une de ces cartes postales. Biarritz. Il la retourna. Elle avait bien été adressée à Madame Louisette Balducci. Le cachet de la poste mentionnait une date, 1999. Une certaine Germaine disait en substance qu'elle appréciait son séjour à Biarritz et qu'avec François, elle profitait des bienfaits de l'air marin. Elle y critiquait aussi un certain J.J. « C'est son pied qui est cassé mais ça doit aussi l'empêcher d'écrire puisque depuis notre arrivée nous n'avons pas eu de ses nouvelles ! » avec un point d'exclamation final. Casset replaça la carte postale sur la vitre du meuble. Un policier est toujours un intrus, un intrus et un voyeur pensa-t-il.

Le plus curieux était qu'aucune de ces pièces que Casset ne faisait qu'apercevoir n'avait été atteinte par l'incendie. Ce n'est qu'au bout du couloir qu'ils parvinrent au salon, une vaste pièce dont les deux portes-fenêtres donnaient sur le jardin. La pièce avait été dévastée par un début d'incendie qui semblait avoir été effectivement très violent.

Le sol était encore détrempé, leurs pieds pataugeaient dans un mélange noirâtre d'eau, de papiers calcinés et de débris divers.

- N'allez pas plus loin et ne touchez à rien ! intima Casset. Je suppose que c'est ici qu'on a retrouvé le cadavre…
- Oui Monsieur l'inspecteur, approuva Jacquet en se remettant au garde-à-vous. Mais tout a été chamboulé. Les pompiers d'abord, puis…. puis nous, enfin je veux dire, l'adjudant Meynier.
- Bon, allez-y, expliquez-moi… et arrêtez de vous mettre au garde-à-vous en permanence même en présence de Monsieur Espérendieu. Expliquez-moi ce qui s'est passé.
- C'est peut-être moi qui peux commencer, intervint Espérendieu soudain légitimé par le témoignage direct qu'il pouvait apporter. J'étais là bien avant les pompiers et les gendarmes. Comme je vous l'ai dit, nous étions en réunion depuis une grosse demi-heure ou trois petits quarts d'heure environ à la mairie, pour le Conseil municipal, comme tous les deuxièmes lundis de chaque mois.
- Tous les conseillers étaient-ils présents ? demanda Casset.
- Oui, oui, nous étions douze ! Enfin, non, onze. Nous y étions presque tous, je crois qu'il ne manquait que Bertrand Rossetti. Il m'avait fait prévenir qu'il serait absent. Je crois qu'il avait des espèces d'obligations. Enfin quoi, il était pas là.
- Bien, dit sobrement Casset.

De nouveau alerté par la réponse taciturne de l'inspecteur, le maire crut utile de préciser :

- Non, non, lui non plus ! assura Espérendieu. Non, quand vous le verrez, vous comprendrez vite qu'il n'a rien à voir là-dedans. Du reste, il n'était pas à Sainte-Solèsne ce jour-là, je vous l'ai dit. Je crois qu'il était à Avignon. Enfin, c'est ce qu'il m'avait fait dire…

Il avait donné toutes ces précisions sans même que l'inspecteur ait eu une quelconque réaction à cette information tant il semblait troublé par le fait de participer à une enquête.

Casset dut même le rassurer en lui demandant de poursuivre ses explications sur les circonstances dans lesquelles l'incendie était intervenu.

Après quelques instants au cours desquels Espérendieu sembla répéter intérieurement ce qu'il venait de déclarer à l'inspecteur, un peu comme un élève interrompu dans la récitation d'un poème laborieusement appris par cœur et qui doit en reprendre le cours, il recommença sa narration.

- La salle du conseil se trouve à l'arrière de la mairie et c'est de là qu'on a entendu les aboiements du chien et qu'un des conseillers a senti une odeur de bois brûlé, une odeur trop forte pour provenir d'une cheminée. On a ouvert une des fenêtres de la salle du conseil qui donne sur le jardin de la maison voisine et c'est à ce moment-là qu'on a compris que c'était un feu dans la maison de Louisette. Louisette Balducci. On ne savait pas si elle était chez elle car sa voiture n'était pas garée dans la rue. On a appelé les pompiers, le SDIS de Valréas parce que nos pompiers volontaires ne sont pas très bien équipés et que, vu la taille des flammes, il nous semblait que les pompiers de Valréas seraient plus performants.

- Quelle heure était-il ?

- Dix-huit heures trente au moins, peut-être un peu plus ; comme je vous l'ai dit, ça faisait bien une grosse demi-heure ou trois petits quarts d'heure qu'on était en réunion.
- Et les pompiers sont arrivés…
- Oh, ils sont arrivés dix minutes après notre appel, ce qui est pas mal quand même.
- Et la gendarmerie ? interrogea Casset à l'attention de Jacquet.
- Je crois que c'est le SDIS qui a appelé la brigade. C'est l'adjudant Meynier qui a pris la direction des premières constatations.
- J'étais là aussi… dit sobrement Jacquet qui semblait gêné d'avoir ainsi participé à ce qui ressemblait à un massacre procédural.
- Alors ?
- On a attendu que les pompiers aient éteint l'incendie. De ce qu'ils nous ont dit, et ça figure dans leur rapport d'intervention, le feu est resté limité au salon à l'arrière de la maison. Il était intense à cause d'un produit inflammable mais il ne risquait pas de se transmettre au reste de la maison du fait de sa structure. C'est un peu comme si la pièce qui a été incendiée était une partie séparée du reste de la maison. Je crois que c'est une sorte d'extension, un peu comme une véranda. On a pu commencer les constatations mais…

Jacquet s'était comme bloqué à la seule évocation des premiers moments de l'enquête.

- Allez-y, c'est un ordre ! dit Casset

Jacquet faillit se remettre au garde-à-vous. Le regard insistant de Casset l'en dissuada.

- Il était très concerné…
- Complètement saoul vous voulez dire ! l'interrompit Espérendieu. Et ça faisait des mois que ça durait. Bon, on ne s'en plaignait pas trop… Il était plutôt cool. Mais là, il a fait n'importe quoi !
- Jacquet, je vous écoute, intima Casset qui se trouvait en fait très heureux d'avoir finalement toléré la présence du maire à leur côté puisque cela permettait visiblement de libérer la parole du gendarme Jacquet.
- Quand il a vu le corps au milieu du salon, on ne sait pas pourquoi, il nous a donné l'ordre de le placer ailleurs. Il parlait de décence. On n'a pas compris. Il voulait aussi qu'on nettoie le sol. On n'a pas compris non plus.

Effectivement, Casset constata qu'une partie du sol avait été sommairement nettoyée.

- Il nous a demandé d'aller chercher un balai dans la cuisine. Apparemment, il voulait que ça ait l'air plus propre pour l'arrivée du procureur… Franchement, j'étais un peu catastrophé mais pour un gendarme, un ordre est un ordre. C'est à l'arrivée du procureur qu'on a pu arrêter. Ils se sont disputés.
- Disputés ? interrogea Casset pour qui le verbe « disputer » avait une connotation enfantine qui le surprenait.
- En fait, c'est le procureur qui disputait l'adjudant Meynier.
- Et vous ?
- On se rendait bien compte que ce n'était pas ce qu'il fallait faire…
- Alors ?
- Le procureur a relevé l'adjudant de ses fonctions et il nous a demandé de ne plus rien toucher ; franchement, ça

nous a soulagés. Puis l'Institut médico-légal de Lyon est arrivé pour embarquer le corps. On attend le rapport du médecin-légiste pour demain.

- Donc, vous n'êtes plus intervenu depuis lundi ?
- Affirmatif ! répondit sobrement Jacquet. Sur instruction de Monsieur le Procureur, nous avons juste interrogé toutes les personnes présentes à Sainte-Solèsne au moment de l'incendie. C'est que ça en fait des procès-verbaux mais pour rien ! Vous les trouverez tous au dossier qui est à la brigade. Mais, nous n'en avons pas tiré grand-chose, je veux dire que ça ne nous a pas beaucoup avancés. Tous ceux qu'on a interrogés étaient tous occupés à faire quelque chose et avec des témoins. Déjà tous ceux qui étaient en réunion du Conseil municipal, il faut les écarter, ils étaient tous ensemble, c'est évident et pour le reste, il n'y avait pas grand-monde…

Le regard de Casset se porta sur l'état de la pièce dans laquelle le corps de Louisette Balducci avait été retrouvé. Toutes les règles de base de la police scientifique avaient visiblement été négligées : le corps avait été déplacé avant même que des photographies aient été prises. Le sol avait été sommairement nettoyé. Au moins trente personnes avaient laissé leurs traces et empreintes dans cette seule pièce. Si ce n'était pas un sabotage, ça y ressemblait furieusement. Sans électricité, compte tenu de l'heure avancée, il n'était plus possible de discerner quoi que ce soit. Casset décida donc d'inviter ses deux acolytes à vider les lieux en attendant qu'il fasse plus clair le lendemain.

Ils sortirent de la maison, chacun dans ses pensées ; celles de Casset étaient purement professionnelles, Jacquet craignait aux éventuels ennuis disciplinaires qu'il encourrait du fait de ce début d'enquête catastrophique et

Espérendieu pensait surtout à la réélection de sa liste d'intérêt communal lors du prochain scrutin municipal. Il tint quand même à rappeler à l'inspecteur Casset l'importance de sa mission.

- Les gens sont inquiets. On ne sait pas vraiment ce qui s'est passé. Déjà des bruits circulent. Certains de mes administrés sont bouleversés. Je pense à ce pauvre Tony qui était avec nous au Conseil municipal, oui, je vous l'ai dit, il fait partie de l'équipe municipale. Eh bien, il était en larmes, comme un enfant devant la maison, c'était sa cousine. C'est ma femme qui a dû tenter de le consoler, comme un enfant, je vous le dis. Il ne cessait de pleurer ; ça nous a tous beaucoup marqués…

Il était déjà dix-huit heures trente ; la nuit était tombée sur le village. On ne pouvait parler d'une baisse d'activité, c'était carrément une sensation de mort qui se dégageait de l'unique rue traversant Sainte-Solèsne des Vignes tant toute forme de vie semblait l'avoir quittée.

- On vous verra demain à l'enterrement puisqu'il aura bien lieu. Je vous l'ai dit, hein, le corps de cette pauvre Louisette doit arriver demain, juste à temps pour la messe. Donc, vous viendrez, hein ? demanda Espérendieu.
- Oui, je crois que ça fait partie du job.

Quelques instants plus tard, au volant de la 205 asthmatique, Casset demanda à Jacquet de lui indiquer un bon hôtel à Valréas. « L'hôtel du Tour de Ville a bonne réputation » lui assura-t-il. Le fait qu'il dispose également d'un restaurant emporta l'adhésion de Casset.

C'est donc là qu'il décida d'installer ses pénates pour la durée de l'enquête.

> *6ème station* : *Véronique essuie le visage de Jésus. (Évangile apocryphe de Nicodème)*

6

Valréas, hôtel du Tour de Ville

Paris et bien d'autres mégalopoles ont leurs boulevards périphériques. Dorénavant elles en ont même plusieurs, le record semblant détenu par Pékin qui en aurait au moins trois ou quatre. Valréas dispose quant à elle aussi du sien, le « Tour de Ville » qui, comme son nom semble l'indiquer fait… Devinez quoi ?… Dans la même veine de logique pure, l'hôtel du Tour de Ville est situé sur…

Le soir même de son arrivée, Casset, plus perplexe que fatigué, descendit de sa chambre afin de dîner. L'hôtel tenait en fait plus de la pension de famille et le restaurant semblait exclusivement fréquenté par ses pensionnaires. Sur une table installée au fond de la salle deux enfants en pyjama qui avaient fini leur repas faisaient semblant de s'intéresser à leurs livres scolaires ; visiblement, ils donnaient le change afin de rassurer leurs parents. Les enfants du propriétaire, pensa Casset.

Une serveuse empruntée lui apporta la carte du restaurant en lui posant la sempiternelle même question, « Et, est-ce que Monsieur prendra un apéritif ? », question à laquelle Casset apportait la même sempiternelle réponse négative. Seul dans cette salle, peut-être, mais quand même pas désespéré…

Le restaurant était sommairement décoré. On sentait une sorte de lutte d'influence entre deux caractères dans le choix des objets et couleurs : quelques outils à vocation agricole étaient mis en évidence sur les murs : une serpe et une fourche en bois voisinaient avec une botte de fleurs de lavande séchées, quelques bouteilles sans doute dévolues à l'apéritif trônaient sur un tonneau. Mais les murs supportaient également des évocations plus viriles : la photo d'une Ferrari, sans doute un modèle *Scuderia Spider 16 M* d'un rouge rutilant, et plus sportif encore, un poster de moto dont Casset ne pouvait reconnaître le modèle tant elle était inclinée et tant, de toute façon, il s'en foutait. Enfin, pour couronner le tout, une écharpe vantant les mérites de l'Olympique de Marseille en reprenant une maxime digne des plus grands penseurs des Lumières, « Droit au but ! » était accrochée au mur et achevait ainsi de signer le mauvais goût du tenancier de cette taverne.

Casset, après avoir fait son choix sur la carte constata qu'il n'était pas seul dans la salle de restaurant et qu'hormis les deux enfants des propriétaires, un couple dînait également ; couple de fraîche date, pensa-t-il tant l'homme semblait empressé à satisfaire les moindres désirs de sa compagne. Elle ne pouvait esquisser aucun geste sans que son compagnon ne le finisse à sa place. A peine tendait-elle la main vers la panière à pain que déjà il la prenait et la lui présentait. Même chose lorsqu'elle voulait remplir son verre. Couple de fraîche date ou couple illégitime en vadrouille loin de ses bases…

- Bonsoir Inspecteur, entendit-il derrière lui.

Casset se retourna. C'était un homme d'une soixantaine d'années qui s'était ainsi adressé à lui.

- Oui, bonsoir et bon appétit. Je suis désolé de vous déranger mais je vous vois seul à votre table et une expérience déjà relativement longue de la vie m'a appris qu'un homme qui dîne seul le soir et en l'absence d'une jolie femme, n'est jamais hostile à engager une conversation amicale pourvu qu'on ne parle ni de politique, ni d'argent.

- …

Casset n'avait pas répondu. Il espérait que son silence serait suffisamment gênant pour dissuader l'intrus de poursuivre sa tentative. Pourtant l'homme qui s'adressait à lui n'était pas antipathique. Correctement habillé mais sans recherche excessive, décontracté sans être débraillé, il pouvait être enseignant ou fonctionnaire. En fait, ses cheveux gris plus longs que son âge n'aurait dû lui permettre, le faisaient plutôt pencher pour une activité intellectuelle : un professeur, un journaliste ?.... Son accent aussi l'interpellait ; un accent indéfinissable mais à coup sûr étranger. Casset en était là de ses conjectures et il espérait toujours que son silence obstiné parviendrait à créer le malaise qui obligerait son interlocuteur à battre en retraite. Pourtant une chose l'étonnait, l'homme l'avait appelé « inspecteur ». Il connaissait donc sa profession et sans doute la raison de sa présence à Valréas.

- Mais permettez que je me présente, je m'appelle John Kennedy ! dit-il. Oui, je sais, ça surprend toujours, même encore maintenant. Mais je vous assure que ce sont bien mes véritables nom et prénom. Il n'y a rien de mystérieux, des parents d'origine irlandaise, tout simplement. Américain de naissance et d'éducation, Français par amour de la France… et surtout d'une Française ; je me suis installé ici depuis dix bonnes années…

- Ah, je comprends mieux, répondit Casset.

- Oui, je suis vraiment désolé d'interrompre vos réflexions. Je vous assure que je n'entends pas troubler votre quiétude et si vous le désirez nous pouvons reporter cet entretien à plus tard mais je vois que vous êtes seul à votre table, tout comme moi. J'ai donc pensé que c'était l'occasion de faire le point.

- Faire le point ? Mais, diable, sur quoi voulez-vous faire le point avec moi ? Je ne vous connais même pas, répliqua Casset, un rien agacé par le ton, certes poli mais un peu insistant de ce fameux « John Kennedy » sorti de nulle part.

- Mais sur notre enquête… lui dit Kennedy, comme s'il s'agissait d'une évidence.

Et il se tut.

- Notre enquête ? répéta Casset interloqué. Figurez-vous que pour moi, c'est un métier, je suis flic, c'est vrai. Je suis payé pour faire ça, pas très bien du reste, mais quand même payé. J'ai même dû réussir un concours pour devenir flic. Oh ! Ce n'était pas le grand oral de l'ENA mais c'était quand même un concours, alors je ne vois pas ce qui pourrait faire que nous ayons en commun « notre enquête ».

Kennedy ne se laissait pas démonter. Il laissait passer la tempête sans s'affoler, peut-être même avait-il anticipé ce coup de tabac. Il continuait à tracer son sillon ; Casset en conclut qu'il avait affaire à un professionnel. Professionnel de quoi, il ne le savait pas encore mais il sentait qu'il n'allait pas tarder à l'apprendre.

- Mais, c'est que moi aussi j'enquête. Et moi aussi, je fais ça pour l'argent. Et pour tout vous dire, moi aussi, je trouve que je ne suis pas assez bien payé. Mais, tout comme vous sans doute, j'aime quand même bien ce que je fais. Je suis journaliste. La page locale de Valréas dans *Le Provençal,* c'est moi ! dit-il avec un soupçon de fausse vanité. Et tous les deux, nous avons le même problème, conclut-il.

- Oh, des problèmes, je n'en ai pas qu'un seul à résoudre ! Tant mieux pour vous si vous n'en avez qu'un seul.

- Non, ce que je veux vous faire comprendre, c'est que nous avons tous les deux au moins un problème en commun : nous ne sommes pas d'ici ! Et ça, on ne peut rien y changer. Il nous faudra faire avec.

Et Kennedy lui expliqua son parcours, par quels hasards de la vie il se retrouvait, à soixante ans, être le « localier » du *Provençal* pour la zone de Valréas, une feuille de chou, il en convenait, mais une feuille de chou qui a une importance capitale pour les populations concernées. Né en Arizona, Kennedy confia qu'il y avait exercé un peu tous les métiers qu'on peut imaginer pour quelqu'un qui sait lire et écrire. Il avait ainsi été tour à tour assureur, employé municipal au cadastre, localier pour le *Phoenix Star,* jusqu'au jour où il avait succombé aux charmes d'une Française de passage à Phoenix et l'avait suivie en France dix ans auparavant. Il avait de nouveau exercé un peu tous les métiers en commençant au bas de l'échelle, le temps d'apprendre à maîtriser parfaitement la langue française et depuis deux ans, c'était lui qui était chargé de la page Valréas du *Provençal*. Il devait rendre compte de tout, de tout ce qui s'y passe : des faits divers à la politique en passant par le sport ou les problèmes agricoles et même la météo et les soubresauts des sociétés de chasse ! Rien ne devait lui échapper ainsi qu'il le revendiquait.

- Une très bonne position d'observateur, conclut-il.
- Belle vie, reconnut Casset qui se demandait encore ce que ce type pouvait bien attendre de lui.

Par courtoisie, il l'invita à se joindre à lui, ce que l'autre accepta immédiatement.

- Observateur seulement, reprit Kennedy. Ne vous faites pas d'illusions, vous êtes dans la même situation que moi. C'est pour ça que je vous proposais de faire en commun le point sur notre enquête. Vous avez le même problème que moi mais vous, vous ne le savez pas encore. Vous n'êtes pas d'ici. Personne ne vous fera confiance, personne ne vous dira rien. Exactement comme pour moi ! Nous sommes embarqués sur le même bateau. Vous avez beau avoir pour vous la loi, les tribunaux, les prisons, ils ne vous diront rien ; ni ce qu'ils savent, ni ce qu'ils supposent, ni même ce qu'ils ne savent pas. Ce n'est même pas du mépris à notre égard, juste de l'indifférence, nous ne sommes pas d'ici, pourquoi donc avoir des égards pour des gens de passage ? Pour eux, ça ne nous regarde pas : policiers, gendarmes ou journalistes, c'est pareil. Regardez l'affaire Dominici, ils n'ont jamais rien dit. La justice n'a jamais rien compris. C'est pareil aujourd'hui, ici à Valréas. Et en plus, ici, les gens se détestent tous ; ils se nourrissent de leurs vieilles haines familiales recuites depuis des générations. Tout le monde déteste tout le monde, tout le monde jalouse tout le monde. Les gens sont le contraire du paysage provençal d'été. Ils ressemblent bien plus à leur pays en hiver : froids, fermés, rudes et méfiants. Jaloux surtout. Envieux les uns des autres. Ils passent leur temps à ressasser leurs vieilles querelles familiales.

- Et donc ?

- Je vous propose d'unir nos recherches. Le peu que je sais déjà, le peu que j'apprendrai, je vous en ferai part. Je sais que je ne peux rien attendre de vous, peut-être simplement que vous m'évitiez des fausses pistes. Et peut-être plus…

Casset dut avouer qu'il n'en était même pas au début du commencement de son enquête. « C'est même un peu spécial, avoua-t-il. Une enquête sans dossier quatre jours après la mort suspecte de cette pauvre femme. »

- Pauvre ? Oui, de mourir comme ça, mais pas pauvre, non ! Riche, très riche même… Enfin, pour la région. Autrefois, on appelait ça des millionnaires, c'était avant la mode des milliardaires, précisa Kennedy. Je ne la connaissais pas vraiment cette famille Balducci mais j'ai commencé à me tuyauter sur eux. C'est intéressant, vous allez voir.

Et il expliqua que contrairement à ce que la modestie de la maison qu'elle occupait à Sainte-Solèsne des Vignes pouvait laisser supposer, elle aurait pu vivre dans de toutes autres conditions. Elle était la fille unique du vieux Balducci. « Ici tout le monde dit encore que c'est une famille de Piémontais mais je ne sais pas vraiment à quand remonte leur arrivée ici » avoua-t-il. « Le vieux Balducci était apparemment un vieux grigou, âpre au gain, un manipulateur, bien qu'il n'ait sans doute même pas connu le mot. Son drame fut de n'avoir pas de fils. Une fille seulement, et encore… Estropiée à la naissance, un accouchement difficile, pas de prise en charge médicale à temps et donc des dégâts irréparables. Elle était contrefaite. Jamais le vieux Balducci n'en parlait, paraît-il, mais ça devait quand même être une réelle inquiétude pour lui », confia Kennedy.

Il poursuivit en expliquant que lorsqu'il commença à devenir vieux, Balducci prit avec lui un ancien légionnaire, sans doute un Yougoslave, Miroslav. On ne connaissait même pas son nom de famille, juste son prénom ; alors tout le monde l'appelait Miro.

- Miro Balducci même, tant il semblait attaché à son patron. Fort comme un Turc, ce Miro, mais un peu simple. On dit que c'est le vieux Balducci qui aurait décidé de marier sa fille à Miro. Il pensait faire ainsi d'une pierre deux coups, dit Kennedy : il voulait protéger sa fille et il liait un peu plus son ouvrier au domaine. Le vieux Balducci est mort il y a cinq ans, sa femme, une fille Brochenille, l'a suivi quelques semaines plus tard. Une femme effacée qui lui avait juste amené quelques hectares supplémentaires en dot lors de leur mariage.

C'est alors que les yeux de Miro se sont ouverts selon Kennedy. « Il n'était pas très malin, mais quand même… », dit le journaliste en imitant l'expression que Casset avait employée quelques minutes auparavant. Lui aussi est parti. Selon les derniers bruits qui lui étaient parvenus, Kennedy pensait qu'il était à présent sur Montélimar où il travaillerait dans une usine de matière plastique. Mais seulement huit heures par jour et ni le samedi, ni le dimanche ou le jour de Noël et le 1er mai. Louisette s'était donc retrouvée seule et c'est alors qu'elle avait décidé d'utiliser une petite maison que sa famille possédait au centre du village plutôt que de rester dans l'ancienne ferme située au milieu des vignes.

- Et vous ? interrogea Kennedy.

Ce n'est en fait qu'à ce moment-là que Casset se rendit compte qu'il venait d'écouter Kennedy pendant vingt bonnes minutes lui brosser un portrait de toute une famille et du contexte de l'affaire dont il était chargé de débrouiller l'écheveau. C'était à l'évidence une tactique : soit Casset rendait la politesse et disait à son tour ce qu'il savait, soit il avait l'air d'un petit profiteur, pas très doué, réduit à écouter les propos sans intérêt d'un vague journaliste, le soir dans un bistrot. Un choix impossible. Casset ne put s'en tirer qu'en avouant qu'il reprenait une enquête en cours et qu'il venait seulement d'arriver... Ce qui lui permettait de ne rien rendre pour l'instant.

- Vous savez, reprit Kennedy, ici, en terre viticole, c'est un peu comme pour les trafiquants de drogue : il vaut mieux qu'ils ne touchent pas à la marchandise qui est l'objet de leur commerce. Dans ce genre d'activité, on ne doit pas piocher dans le stock. Et Meynier, l'adjudant qui est responsable de la brigade de gendarmerie de Valréas, il s'est gravement mis à piocher dans le stock local. Il ne dessaoûlait plus depuis des mois ; en fait, ça arrangeait tout le monde. Il n'était pas difficile à embobiner ; une bouteille ou même un simple verre au bistrot du coin et vous n'aviez plus d'amende ! Tout le monde se foutait de lui ; et puis, le problème de la gendarmerie rejoint le nôtre, je veux dire celui dont je vous parlais tout à l'heure, notre problème par rapport aux gens d'ici : ils ne sont jamais de là où ils exercent. Dans le nord, on envoie des petits gars du sud, et dans le sud, on envoie des gens du nord. Ce n'est pas étonnant qu'il ait totalement bousillé l'enquête. On nous a annoncé un enquêteur parisien de la Police scientifique... Franchement, ça rassurait un peu.
- Et vous êtes déçu ?

Kennedy s'esclaffa franchement. « Non, non ! », il trouvait Casset tout à fait sympathique et ce qu'il avait entendu à son sujet lui semblait au contraire très prometteur. Les bruits vont vite et il se disait déjà qu'il avait remis « le Jiacquou » à sa place. « Le Jiacquou » ? demanda Casset.

- Oui, Jacques Espérendieu, le maire de Sainte-Solèsne des Vignes. Ici, il est surnommé « le Jiacquou » depuis tout le temps paraît-il. Tout le monde sait qu'il a toujours un peu trop tendance à penser que son mandat de maire va au-delà de la simple gestion municipale et qu'il se voit comme le père spirituel de ses administrés. En fait, une sorte de girouette selon Kennedy ou le plus petit dénominateur commun dans ce village, l'homme qui ne gêne personne.

A propos du maire de Sainte-Solèsne des Vignes, Casset demanda au journaliste si le problème principal du village c'était effectivement celui de l'eau comme Espérendieu le lui avait indiqué. La question fit sourire Kennedy.

- Non, il y a bien un petit problème saisonnier lui dit-il. Mais la vraie question n'est pas celle-là.

Et il lui expliqua que le véritable problème qui agitait Sainte-Solèsne des Vignes depuis plusieurs années, c'était la création d'une zone commerciale par le Groupe Vitagros, un des leaders français de la distribution. « Un projet qui implique une emprise foncière considérable sur le territoire de la commune. Vitagros envisage d'y créer une zone commerciale avec un hypermarché, une galerie marchande mais aussi une base de stockage pour toute la région entre Valence et Avignon ». Et, selon Kennedy, à Sainte-Solèsne, les gens sont soit farouchement « pour », soit farouchement « contre ». Les intérêts en jeu sont considérables. Certaines exploitations seraient totalement concernées, d'autres pas du tout. Et, pour tout compliquer, certains de ceux qui seraient touchés sont partisans de vendre alors que d'autres également concernés ne veulent pas en entendre parler… Un sacré sac de nœuds selon Kennedy. Ce qui expliquerait le choix d'un maire « girouette » qui se plie à tout ce qui le dépasse et qui préfère organiser des matchs de rugby ou de moto-ball plutôt que s'impliquer dans un projet qu'il ne maîtrise pas et dont on peut même se demander s'il le comprend.

Kennedy interrogea alors franchement Casset afin de savoir s'il n'avait pas ne serait-ce qu'un début d'idée sur ce dossier.

- Comment voulez-vous que j'aie une idée sur une affaire que je ne connais pas. Tout ce que je sais, c'est par ce pauvre Jacquet, le maréchal des logis qui remplace Meynier. Il est totalement bridé par des années d'obéissance aveugle à sa hiérarchie. Le rapport d'autopsie n'arrivera que demain.
- Alors à demain, à l'enterrement, conclut Kennedy.

Et il s'éclipsa avec autant de discrétion qu'il avait manifesté de désinvolture pour aborder Casset.

Celui-ci était encore perdu dans ses pensées qui tournaient autour de son regret d'avoir accepté cette enquête et son insondable faiblesse quand il s'agissait de démissionner de la police. « Flic ? Même pas une vocation… », en venait-il à se reprocher à lui-même ! Pas un confort non plus, devait-il reconnaître en regardant la salle de restaurant dans laquelle il venait d'avoir une conversation bien étrange avec un personnage aussi improbable que cet énergumène de Kennedy. Etait-ce même seulement son vrai nom ?

C'est alors que la porte du restaurant fut ouverte avec une brusquerie qui attira son attention. Une femme âgée, des cheveux gris hirsutes, vêtue de pauvres vêtements froissés et d'une propreté douteuse fit son entrée. Elle était suivie docilement par un chien, une sorte chien de berger rhumatisant au poil jaune, sans doute cette race qu'on appelle les Malinois.

Une clocharde ? Sans un mot, elle se dirigea vers le fond de la salle et s'installa à la table qui avait été occupée par les deux enfants en pyjama ; ils avaient depuis longtemps quitté la salle de restaurant. Le chien se coucha sous la table, aux pieds de sa maîtresse et ne bougea plus. Elle se contenta de frapper du plat de la main. Alors, selon un rituel apparemment connu d'elle seule et du patron de l'hôtel, ce dernier lui apporta une assiette de spaghettis sur laquelle elle fondit littéralement. Il posa également par terre une coupelle remplie d'eau pour son chien. Elle mangeait salement mais malgré la violence de son entrée dans le restaurant, elle ne semblait pas agressive, ou plutôt, son agressivité n'était pas dirigée contre les personnes présentes dans cette salle ; les avait-elle même seulement vues ?

Casset l'observait tant elle constituait le seul spectacle envisageable un soir de semaine dans le restaurant de l'hôtel du Tour de ville de Valréas. Elle mangeait rapidement, sans un mot ni un regard pour le patron qui était demeuré à proximité de la table qu'elle occupait. Le plat fini, elle se leva. Debout, elle fixa gravement Casset d'un regard tourmenté, un peu comme si elle tentait d'enregistrer son visage. Sans en comprendre l'origine il lui fut difficile de soutenir ce regard qui n'était pourtant pas agressif. Plutôt intrusif. Puis, sans un merci ni un geste, elle quitta sa place. Alors qu'elle passait devant l'inspecteur Casset, elle sortit d'une poche une petite carte rectangulaire qu'elle déposa sur sa table. Une de ces cartes religieuses qui étaient autrefois données par les premiers communiants à leurs proches le jour de leur Communion solennelle : une représentation d'un événement biblique. La carte représentait Véronique essuyant le visage du Christ. Elle s'adressa à lui d'une voix grave et éraillée.

- Y'a des esprits forts ici à Valréas, un bon coup d'balai ! Hein, un bon coup d'balai ! C'est c'qui faut pour nettoyer tout ça... Les conneries, ça suffit ! Un bon coup d'balai. Un bon coup d'balai... Les conneries, ça suffit !

Elle avait prononcé cette sentence d'un trait, comme habitée par une vérité qu'elle devait faire partager. La virulence de son propos n'avait cependant aucun caractère agressif à l'égard de l'inspecteur ; au contraire, il le perçut plutôt comme un soutien... Un soutien dont il se serait bien passé. Alors seulement Casset comprit la raison de l'étrangeté du regard de cette femme. Ses yeux étaient curieusement clairs, presque délavés, d'une couleur oscillant entre le jaune et le vert, presque des yeux d'aveugle.

Elle le fixa de nouveau. Sans plus d'animosité, elle sembla engager une sorte de dialogue muet dans lequel elle aurait assuré les demandes et les réponses. Après avoir posé son index sur la carte religieuse qu'elle venait de lui donner.

- C'est de là qu'elle viendra la vérité ! dit-elle.

Puis, sans plus d'explications et sans même attendre une réaction de l'inspecteur, elle quitta la salle du restaurant. Son chien la suivait toujours aussi docilement. Elle ne le tenait pas en laisse. Il semblait même plus la protéger que la suivre.

Le patron de l'hôtel, qui était demeuré silencieux pendant la déclaration de cette singulière visiteuse, l'avait raccompagnée jusqu'à la porte. Elle n'eut ni regard, ni remerciement pour lui. Elle s'éclipsa dans la nuit.

Revenu au monde réel, le patron de l'hôtel crut nécessaire de donner quelques explications à l'inspecteur. Sans doute un peu gêné d'avoir à justifier la présence dans son établissement de cette femme et afin de se donner une contenance, il essuyait consciencieusement ses mains dans son tablier alors même qu'elles n'en avaient aucun besoin.

- Rassurez-vous, elle n'est pas méchante, ni dangereuse. Juste un peu bruyante… tenta-t-il pour engager une conversation avec l'inspecteur.

Puis, il poursuivit.

- C'est Véro Tokatian, la mère Tokatian comme on dit ici. C'est une pauvre femme, dit-il. Elle a perdu ses deux fils, un pendant la guerre d'Algérie, il y a bien longtemps maintenant ; il faisait son service militaire. Et l'autre dans un accident sur la route de Nyons. Il travaillait à l'Equipement, un rocher s'est détaché d'une falaise qui surplombe la route et l'a tué sur le coup. La raison de sa mère n'a pas résisté. Elle survit. La Mairie a bien essayé de l'employer mais elle se dispute avec tout le monde ; ils n'ont pas pu la garder. Alors on fait ce qu'on peut. Je ne suis heureusement pas le seul à l'aider. Elle est toujours comme ça. Jamais un merci. Mais elle n'est pas méchante. Il n'y a qu'au 14 juillet qu'elle ne se contrôle plus. Chaque année, elle se place en tête du cortège, elle porte un drapeau tricolore et c'est elle qui ouvre le défilé en chantant la Marseillaise. On la laisse faire, c'est le chagrin qui lui a fait perdre la raison. On dit aussi qu'elle aurait des visions. Pourquoi pas ? ça nous ferait une illuminée de plus dans la région.

Puis, il s'enhardit auprès de Casset. Lui aussi connaissait visiblement la raison de sa présence à Valréas. Les bruits qui commençaient à se répandre sur cette mort intrigante étaient parvenus jusqu'à lui. Selon le restaurateur, les habitants de Sainte-Solèsne des Vignes avaient la réputation d'être plutôt des rustres. Il n'osait pas aller jusqu'au mot ploucs mais on sentait bien que c'était le fond de sa pensée…

Casset le laissait parler.

- Oui, reprit-il, ces paysans sont plus riches les uns que les autres mais ils se jalousent tous entre eux. Ils sont bêtes comme des oies. Et avec leur maire qui passe son temps à organiser des matchs de rugby et la Fourrasse, celle qui dirige une secte d'écologistes qui répandent des vipères sur les collines au nom de la protection de la nature ! Non mais, je vous demande un peu ! Et peut-être le trafic de la drogue, je vous le dis, c'est un drôle de pastis à Sainte-Solèsne.

- La Fourrasse ? Je n'en ai pas entendu parler, lui dit Casset.

- Oh ! c'est un personnage. C'est une Parisienne, à ce qu'on dit. Elle a ouvert une espèce de secte. Il y a des jeunes, des fous aussi !

- Alors, c'est une sorte d'asile psychiatrique ? interrogea Casset.

- Si on veut. Il paraît que c'est la Sécu qui paye. Donc, c'est vous et moi parce que les charges, c'est qui qui les paye ? C'est un genre de méthode moderne ; on ne les enferme plus. Elle les fait travailler, il paraît que c'est pour leur bien. N'empêche qu'on les voit déambuler dans la rue à Sainte Solèsne… Savoir si c'est efficace, ça, c'est autre chose. On dit qu'elle les exploite un peu. Pour les vipères, il faut en parler aux chasseurs et pour le trafic de drogue, c'est ce qu'on dit mais je n'en sais pas plus.

A propos de pastis, il mit l'inspecteur en garde contre la qualité des anisettes qui pourraient lui être proposées par les habitants de Sainte-Solésne des Vignes. « Méfiez-vous de leur pastis artisanal, on dit qu'il y a eu des cas… Euh, enfin quoi, ça vous rend aveugle. C'est que c'est un drôle de cirque là-bas ! » finit-il par lâcher. Mais la réelle inquiétude de l'hôtelier, c'était quand même les circonstances du décès de cette pauvre femme.

L'inspecteur hésita un moment avant de choisir une réponse. Il opta finalement pour l'échappatoire habituelle dans ce genre de circonstance : « L'enquête est en cours et rien ne sera laissé de côté, tout sera pris en compte, les résultats ne devraient plus tarder ».

Magie de la langue de bois ! Après quoi, estimant avoir assez contribué à la marche du monde pour un 6 novembre, il monta dans sa chambre.

Valréas n'a jamais été réputée pour le caractère endiablé de sa vie nocturne. Ce fut donc une surprise pour Casset lorsqu'il constata que le calme de la nuit était troublé par deux ou trois motos de cross pilotées par des gamins qui s'amusaient à faire pétarader leurs brélons sur le Tour de ville. Cette sombre constatation ancra un peu plus l'inspecteur dans sa désespérance quant à certains de ses congénères.

7ème station — *Jésus tombe de nouveau sous le poids de la croix. (Première Epître de Pierre, 2. 21b-24)*

7

L'église de Sainte-Solèsne des Vignes, vendredi 7 novembre

Si le village de Sainte-Solèsne des Vignes était toujours désert, il devait néanmoins recéler toute une population qui ne sortait peut-être que pour les enterrements. C'est ce que Casset pensa en voyant que l'église, certes petite, ne pouvait contenir tous ceux qui désiraient assister aux obsèques de Louisette Balducci.

« Encore elle ! » dut aussi constater Casset. En effet, Véro Tokatian s'était plantée sur le parvis de l'église, toujours accompagnée du même chien jaune rhumatisant qui gisait à ses pieds.

- Dominus vobiscum ! Dominus vobiscum, psalmodiait-elle mécaniquement en se balançant d'avant en arrière.

Elle avait visiblement préféré demeurer à l'extérieur... ou sa présence dans l'église n'était pas tolérée...

Une vingtaine de personnes qui avaient dû rester comme elle sur le parvis tentait vainement de se réchauffer en frappant des pieds sur le sol. Il n'y avait pratiquement que des hommes hormis la voyante illuminée de Valréas ; peut-être la galanterie les avait-elle incités à laisser entrer préférentiellement leurs épouses à l'intérieur ? Casset fut interrompu dans ses réflexions par la voix de Kennedy.

- Incroyable, n'est-ce pas ? Incroyable qu'autant de gens viennent assister à un enterrement. C'est une tradition et un peu un spectacle. Mais, c'est surtout dû au fait qu'ici la mort n'a pas encore été expulsée de la vie sociale comme dans les grandes villes. Et vous pouvez, en plus, faire connaissance de notre pythie, la mère Tokatian. Elle ne manque jamais un enterrement mais elle préfère rester à l'extérieur. Les gens se sont habitués maintenant. Certains prétendent qu'elle aurait même des pouvoirs de divination, elle aurait des visions. C'est pour ça que je la surnomme « notre pythie ».

- J'ai déjà eu l'occasion de faire sa connaissance hier, répliqua Casset. Mais aujourd'hui, je vois qu'elle a même été décorée par la République !

Kennedy le détrompa. Elle arborait effectivement une sorte d'insigne rouge qui pouvait ressembler à la rosette rouge de la Légion d'honneur. « Pourquoi pas après tout ? affirma-t-il. On la donne bien à des inspecteurs des impôts, des politiciens douteux, des chanteurs sans talent ou à des footballeurs peu regardant sur la régularité de leur situation fiscale. »

- Non, ce n'est pas la rosette de la Légion d'honneur. Sans doute un simple bouton en plastique rouge piqué sur une aiguille. C'est sa médaille à elle. Elle la met systématiquement lors de ce qu'elle considère être des « grandes occasions ». Vous savez, votre République ne reconnaît pas le mérite de ceux qui ont souffert, lui confia Kennedy. Jamais on ne lui donnera cette décoration. En fait, je ne sais même pas si elle la porte par mimétisme dans les grandes occasions ou par moquerie…

- Mais dites-moi plutôt pourquoi les gens d'ici viennent aussi nombreux à un enterrement.

- Vous savez, ils sont comme vous et moi, ils ont quand même peur de la mort mais ils la respectent et ils la connaissent peut-être un peu mieux que nous. Pour eux, assister à un enterrement, c'est un signe envoyé à celui qui vient de partir, c'est aussi une manière de se préparer, de préparer sa propre arrivée.
- Vous avez vu qui est à l'intérieur ? demanda Casset.
- Bien sûr. Je suis arrivé parmi les premiers mais c'est pour vous attendre que je suis resté à l'extérieur. Comme dans la chanson « Ils sont venus, ils sont tous là… », plaisanta Kennedy.

Bien qu'ils soient demeurés à quelques mètres du parvis, leur conversation leur valut quelques regards lourds de reproches de la part de plusieurs des assistants. Sans s'être concertés, ils convinrent de mettre un terme provisoire à leurs échanges jusqu'à la fin de l'office.

Lorsqu'enfin les premiers paroissiens sortirent de l'église, Kennedy et Casset purent reprendre le cours de leur conversation.

- Aujourd'hui, vous avez la presque totalité de la population du village. Ici, on assiste aux enterrements même si on n'a pas d'affection particulière pour le défunt. Il faudrait vraiment une haine ouverte et affichée pour se dispenser d'y venir.

C'est alors qu'un groupe d'hommes, cinq à six, sortit de l'église un peu à la manière d'un pack de rugby. Des hommes d'âge mûr mais pas encore vieux, robustes, l'air grave mais apparemment pressés de partir. « Tenez, voilà les Rouges ! Les Bleus ne vont pas tarder à sortir… », commenta Kennedy. Il commença alors à expliquer à Casset que cette désignation n'avait plus qu'un lointain rapport avec la politique… mais quand même un petit rapport. Il lui promit de lui expliquer tout ça plus tard. Les sorties de la messe d'enterrement continuaient.

- Le maire est là aussi ?, interrogea Casset.
- Bien sûr. Il serait tout à fait incongru qu'il n'assiste pas à un tel événement même si le défunt ou sa famille ne votait pas pour lui. Ici, le maire se doit d'accompagner ses ouailles jusqu'à la tombe. La famille ne va pas tarder à sortir. Les Brochenille au grand complet sont là ; des Bleus, compléta Kennedy.

Face à l'apparente incompréhension de plus en plus visible de Casset qui souhaitait avoir un autre son de cloche sur l'entourage de Louisette Balducci que celui qui lui avait été servi par le maire, Jacques Espérendieu, Kennedy dut une nouvelle fois promettre de tout lui expliquer.

- Les Brochenille, c'est sa famille du côté maternel, une vieille famille solesnoise. Ils ont des terres ici depuis une éternité contrairement aux Balducci. Son cousin, Tony, c'est lui qui exploitait ses terres. Un courageux, c'est en fait lui qui l'entretenait ; je vous avais dit qu'elle était riche mais c'était une richesse de paysan. Donc rien ou presque à la banque, tout dans les terres et quand on ne les exploite pas, ça ne rapporte plus rien. Elle avait donc mis son domaine en fermage à son cousin Tony. C'est une brute de travail. On dit qu'il n'a même pas le temps de se marier ; il est toujours sur son tracteur.
- C'est lui qui va hériter ?
- Sans doute mais ses parents sont encore de ce monde, tenez, les voilà qui sortent. Le père, Louis Brochenille, dit « Loulou » ; l'oncle de Louisette Balducci, c'est un brave homme, pas très travailleur d'après ce que

les gens disent de lui. Mais c'est sans doute par comparaison avec Tony, son fils. Il faut aussi avouer que les moyens techniques ne sont plus les mêmes. Tony doit mener au moins trois à quatre fois plus de terres que son père.

- Riches, eux aussi ?
- Riches aussi. Mais comme des paysans… confirma Kennedy. C'est dans le caveau familial des Brochenille que Louisette Balducci va être inhumée. C'était sa seule famille.
- Ah bon ? Et le mari de Louisette Balducci ? Il n'est pas là ?
- Miro ? Oh non ! Leur divorce n'est pas si éloigné. Et puis, je ne pense pas que la famille aurait eu grand plaisir à le voir revenir. Pourtant, c'est lui qui a bien amélioré le domaine Balducci. Il y a fait des travaux considérables : l'irrigation, le passage aux vendanges mécanisées, tout ça, c'est lui. Ils auraient trop peur qu'il vienne demander son dû. Tiens, voilà Maître Bistagne qui sort de l'église, c'est l'avocat qui a fait leur divorce.

Un homme rond, d'une soixantaine d'années, outrageusement trop bien vêtu en comparaison des autres paroissiens, passait en effet le porche de l'église. Il dispensait ses salutations à tous ceux qui le saluaient un peu à la manière d'une sorte de seigneur local. C'était visiblement une personnalité que l'on respectait. Il le savait, il en jouissait.

- Jacques Bistagne. Il ne vient à Valréas que le samedi. C'est exceptionnel qu'il soit là aujourd'hui. Son cabinet principal est à Carpentras. Il n'a qu'un cabinet secondaire à Valréas depuis de nombreuses années. Il a, en fait, repris l'étude de son père qui était avoué à Carpentras. C'est même devenu un cabinet d'affaires. Il sait tout sur tout le monde, enfin sur tout le monde qui compte ici. Il est hors de prix mais tous lui font confiance. Il est intègre à ce qu'on dit. C'est un bon avocat. Il ne se refuse rien, voyez comment il s'habille. On dit qu'il ne se fournit qu'à Paris chez les meilleurs tailleurs. Bien qu'il n'habite pas ici, à Valréas, chacun le connaît et le respecte. Vous auriez grand intérêt à le rencontrer afin d'en savoir un peu plus sur le divorce de Louisette Balducci…

- On verra, répondit Casset. Et qui est ce grand échalas, celui qui porte un attaché-case ?

- Oh ! Rien de bien intéressant, répondit Kennedy. Bertrand Rossetti, un fils de famille, une riche famille marseillaise récemment implantée dans le village. Visiblement le réinvestissement d'une vieille fortune familiale.

Son allure et son comportement étaient curieux. Un homme encore jeune, pas plus de trente ans, blond et les yeux curieusement bleus dans cette terre d'yeux noirs, vêtu d'un costume sombre mais dépareillé dont il avait cru bon de fermer tous les boutons de la veste ; bien que presque maigre, il paraissait boudiné dans ses vêtements. Son allure était rendue d'autant plus étrange par un pantalon trop court d'au moins dix centimètres qui laissait apparaître des chaussettes blanches. Pourtant son côté clownesque n'avait aucun charme ; il était même plutôt inquiétant. L'air faussement affairé, Rossetti arpentait nerveusement le parvis de l'église en cherchant vainement à capter l'attention des autres assistants. En vain. Les gens semblaient même plutôt se détourner de lui.

- Ce sont des Marseillais. Rossetti, le père, est un bon à rien qui a acheté fort cher un petit domaine viticole qu'il fait exploiter par des salariés ; du reste, il ne réside même plus ici. Je crois qu'il est retourné à Marseille. Son fils, Bertrand, celui que vous voyez, c'est un incapable qui se prend pour ce qu'il n'est pas, confia Kennedy à Casset.

Et il poursuivit.

- Il n'est pas le seul dans ce cas-là, mais, lui, c'est une sorte de record ! Il a ouvert un cabinet d'assurances, payé par sa grand-mère, puis une agence immobilière, également payée par la grand-mère. Tout ça a fait faillite. Maintenant, il aurait monté un cabinet de conseil en gestion ! L'hôpital qui se fout de la charité, c'est ce qu'on dit dans ces cas-là... C'est pourquoi il se balade toujours avec son attaché-case en espérant ainsi avoir l'air d'un homme d'affaires ; il s'est acheté une panoplie complète en quelque sorte. En fait, il ne serait que le prête-nom de Vitagros, le groupe qui souhaite s'implanter ici, sur la zone commerciale qui est en projet. Personne ne le prend au sérieux ; tout le monde sait pour qui il roule. On se demande même s'il n'est pas un leurre. Rassurez-vous, ce Rossetti n'est ni dangereux, ni important !

C'est alors que Casset se souvint que le maire de Sainte-Solèsne des Vignes lui avait parlé de Rossetti. C'était le seul conseiller municipal absent lors de la dernière réunion du Conseil municipal. Il pensa qu'il serait quand même intéressant de le rencontrer.

Casset qui ne supportait que modérément que l'on se permette de lui dicter ses choix professionnels ne put s'empêcher de dire à Kennedy que c'était quand même à lui d'en juger et que, s'il remerciait bien volontiers un journaliste de son aide, il entendait bien conserver la direction de l'enquête.

Curieusement cette sortie ne troubla pas le journaliste, un peu comme s'il en avait vu d'autres et des plus corsées pour être déstabilisé par si peu.

Une fois l'église vidée de tous les paroissiens, Casset s'apprêtait à quitter les lieux lorsqu'il vit le prêtre qui avait apparemment officié pour la messe d'enterrement de Louisette Balducci sortir sur le perron de l'église. Toujours revêtu de ses habits sacerdotaux, le prêtre saluait les derniers retardataires qui étaient encore sur le parvis. L'air étonné de Casset à la vue du prêtre incita Kennedy à lui fournir quelques explications.

- Oui, je comprends votre étonnement. Il est Camerounais, enfin je veux dire qu'il est né au Cameroun mais il exerce en France depuis plusieurs années. Il s'est parfaitement intégré et aujourd'hui, ici, plus personne ne voit de différence. Vous savez, il n'y avait plus de prêtre après le départ à la retraite du dernier curé. La crise des vocations, vous avez quand même dû en entendre parler. Les paroissiens ont demandé à l'évêché de trouver une solution. Ce fut Justinien Kpama. Il a même un surnom pour ses paroissiens : Titin. Un vrai provençal, je vous le dis. Les gens l'aiment bien, les femmes surtout, il est beau garçon ; en plus, il a monté un bon club de foot pour les enfants. Un patronage, « comme autrefois » disent les anciens.

Vaguement sur la défensive comme souvent sur ce type de question, l'inspecteur se crut obligé de se justifier.

- Non, rassurez-vous, je ne doute absolument pas de ses compétences, j'étais juste surpris. C'est tout. N'y voyez rien d'autre, dit Casset.

Son empressement fit sourire Kennedy ; il appréciait manifestement la situation. Entendre un policier se justifier alors que rien ne l'y contraignait et alors même qu'aucune accusation n'avait été formulée le remplissait manifestement de plaisir. Aussi, afin de ne pas envenimer la situation il se crut obligé de compléter.

- Oh ! Il officie ici depuis plusieurs années. Il parle le provençal comme tout le monde. Et il est, paraît-il, fin connaisseur en matière de vin. Tout le monde l'a adopté. Je crois que plus personne ne remarque la couleur de sa peau.

Encore un peu gêné de ce que Kennedy avait peut-être pensé de son étonnement, Casset insista pour changer de sujet et demanda à Kennedy de lui signaler ceux qui n'avaient pas assisté à la messe d'enterrement.

En fait, selon le journaliste, seule Marie Fourrasse, celle qu'on surnommait « la Fourrasse », n'avait pas assisté à cette messe d'enterrement. « Elle ne s'est jamais vraiment intégrée dans ce village. L'a-t-elle seulement souhaité ? » se demandait Kennedy. Il estima que son absence n'était pas vraiment surprenante.

Il expliqua que cette Parisienne s'était installée à Sainte-Solèsne des Vignes depuis quelques années, apparemment après un divorce qui lui avait permis de disposer d'assez d'argent pour acheter un beau domaine dans lequel elle semblait animer une sorte de communauté de « proto-chrétiens » à vocation vaguement médicale. Kennedy expliqua qu'elle y accueillait des déficients mentaux et organise des formations sur des thèmes plutôt fumeux pour des femmes esseulées. Une secte aux dires de certains, un attrape-gogos selon d'autres. « Toujours est-il qu'elle a su attirer dans ce village depuis des années de nombreux visiteurs qui viennent suivre des stages aux dénominations parfois surprenantes. On parle même de développement sexuel, ce qui dans les esprits les plus simples ressemble furieusement à des parties fines, des partouzes ». Cependant, Kennedy ne semblait pas si critique. Selon lui, la fréquentation était essentiellement constituée d'enseignantes plus ou moins dépressives et surtout en recherche de rencontres…

Ces explications furent interrompues par l'arrivée d'Espérendieu, le maire de Sainte-Solèsne des Vignes, qui sortait lui aussi de l'église. Il ne tarda pas à repérer Casset. Il se dirigea immédiatement vers lui. Il se focalisait sur l'inspecteur, semblant volontairement n'accorder que peu d'intérêt à Kennedy. Il l'interrogea sur les progrès de l'enquête. Il reçut la même réponse que la veille : rien de nouveau dans l'attente du rapport d'autopsie… Mais Casset tenait à l'entendre sur ce projet de zone commerciale dont le maire ne lui avait pas parlé lors de leur première entrevue, la veille dans la maison de Louisette Balducci.

- La zone commerciale ? Pourquoi je ne vous en ai pas parlé ? C'est que ce n'est qu'un projet. Un vague projet du Groupe Vitagros. Une zone en bas du village. Alors, il y a ceux qui veulent vendre leurs terres si elles sont mal orientées, ceux qui veulent les garder, ceux qui voudraient bien les vendre mais qui ne sont pas concernés. Bref, c'est pas simple.
- Et vous alors ? Quelle est votre position ? demanda Casset.

- Aucune. Je crois que c'est même pour ça qu'ils m'ont élu. Mes terres à moi, elles sont pas concernées ; je suis dans un autre vallon.

Casset n'avait visiblement pas d'autre question à lui poser, après un coup d'œil soupçonneux vers Kennedy, Espérendieu s'excusa en expliquant que ses devoirs lui commandaient de rejoindre ses administrés. Il leur demanda s'ils comptaient suivre l'enterrement jusqu'au cimetière.

Casset, un peu surpris par cette question, chercha conseil du regard auprès de Kennedy. Celui-ci le rassura.

- Vous pouvez, c'est une tradition. Ici, la mise en terre n'est pas réservée qu'à la famille proche. Tous peuvent y assister mais ce n'est pas une obligation comme le fait d'être présent à la messe d'enterrement ou au culte pour les protestants. Il y en a encore dans la région… Je veux dire des protestants…

Et, de fait, ce fut une procession qui se dirigea vers le cimetière tout proche. Les femmes formaient l'essentiel du cortège, beaucoup d'hommes ayant semble-t-il préféré regagner leurs activités ou la chaleur d'un bistrot. Par discrétion, Casset choisit de rester un peu à l'écart. Kennedy ne le décollait pas ; ce qui l'aurait insupporté la veille rassurait Casset. Il ne pouvait guère compter sur Jacquet le petit gendarme au cœur d'artichaut qui était le type même du gars à qui personne ne dira jamais rien alors que Kennedy, avec son patronyme improbable et son air nonchalant avait cette faculté de relier entre elles des bribes d'informations éparses pour en faire finalement quelque chose de cohérent.

- Alors, cette histoire de Bleus et de Rouges ? interrogea Casset.

Kennedy attendait cette question. Il prit quelques secondes avant de répondre un peu comme s'il devait rassembler de nombreuses informations afin de parvenir à un tableau complet.

Depuis son installation en Provence, il expliqua qu'il s'était documenté sur cette question tant elle lui semblait étrange. Il fallait remonter dans le temps, dit-il. Au sortir de la guerre, la seconde, il avait fallu réorganiser la production viticole française.

Cette réorganisation passait par le regroupement des moyens de production entre les différents exploitants. On leur proposait de créer des coopératives à Sainte-Solèsne des Vignes, comme ailleurs. Mais ici, les clivages politiques étaient encore vivaces. Ils s'enracinaient sur les idées politiques d'avant-guerre, sur l'attitude des uns et des autres pendant l'Occupation et aussi sur la taille des domaines. Ce furent donc non pas une mais deux coopératives viticoles qui furent créées. *La Coopérative Saint-Jean de l'Enclave des Papes*, celle des Bleus, gros propriétaires assurés par la taille de leurs exploitations de passer tous les caps difficiles, plutôt réactionnaires, catholiques, parfois même un peu collabos et *La Coopérative viticole La Solesnoise*, celle des Rouges, souvent des protestants, plutôt de gauche, résistants pour certains, mais pas tous et à la tête de petites exploitations à la rentabilité incertaine les mauvaises années.

Kennedy reconnut que les clivages politiques s'étaient estompés ; les vieilles histoires de collaboration et de résistance aussi puisqu'aujourd'hui la plupart des paysans qui travaillent sont nés après la guerre.

- Tiens, puisqu'on en parlait tout à l'heure, personne n'a rien dit quand Titin a été nommé par l'évêché à Sainte-Solèsne des Vignes. Titin, le curé camerounais que vous avez vu à la sortie de la messe ! rappela ironiquement Kennedy. Vous voyez bien que les Solesnois ne sont pas si arriérés.

Il poursuivit son analyse historique de la situation. Selon lui, la taille des domaines, elle, elle n'a pas changé. Les intérêts et les modes d'exploitation non plus… Alors, il est vrai que des antagonismes existent encore mais jusqu'où pourraient-ils aller ? Il reconnaissait que personne ne pourrait le dire.

Alors que Casset écoutait les propos de Kennedy, la mise en terre dans le caveau de la famille Brochenille, la seule famille de Louisette Balducci, s'était poursuivie. Elle fut rapide tant le froid était devenu mordant au fil de la matinée. La cérémonie n'était pas encore achevée quand Casset entendit qu'un véhicule se garait le long du mur qui séparait le cimetière de la rue. Quelques secondes plus tard, Jacquet déboucha à l'entrée du cimetière. Ce fut Casset qui lui fit signe de le rejoindre. Jacquet tenait à la main une enveloppe brune.

- C'est le rapport d'autopsie ! cria-t-il presque, tant il semblait l'avoir attendu.

Casset s'en saisit et décacheta l'épaisse enveloppe. C'est alors qu'il remarqua l'air courroucé de Jacquet dont le regard était tourné vers Kennedy. Visiblement, il estimait que la proximité du journaliste était une faute impardonnable compte tenu du caractère totalement confidentiel du document qu'il venait de remettre à Casset. Ce dernier le comprit et sans un mot se contenta de reculer d'un mètre et de tourner le dos au journaliste. Il eut l'impression d'entendre un imperceptible soupir de soulagement de la part du petit gendarme.

Les premières pages du rapport n'apportaient aucune information déterminante pour Casset. La date et l'heure de la désignation du médecin légiste, l'origine de cette désignation, le mode de transport du corps jusqu'à l'Institut de médecine légale de Lyon puis la taille et le poids de la victime. Les photos prises sur place montraient un corps boursouflé, presque totalement calciné, des lambeaux de vêtement partiellement brûlés recouvraient encore en partie l'arrière du cadavre de Louisette Balducci. Les mains et les jambes de la victime étaient curieusement jointes. Sans égard pour les phases intermédiaires des constatations du médecin légiste telles que la taille des incisions ou le poids des viscères, il en vint immédiatement aux conclusions :

« Il ressort de nos observations et examens que la victime est décédée des suites d'une hémorragie provoquée par une blessure ayant entraîné la rupture de plusieurs vaisseaux sanguins et de l'aorte. Cette blessure qui a déclenché une importante hémorragie interne a vraisemblablement été provoquée par un projectile métallique qui a transpercé le corps de part en part au niveau du thorax. Ledit projectile n'a donc pas pu être retrouvé dans le corps. L'orifice d'entrée est situé sous le sein gauche de la victime. Le corps a été en grande partie calciné, il n'est donc pas possible de déterminer la distance ayant séparé le tireur de la victime lors du déclenchement du tir puisqu'il s'agit vraisemblablement d'un tir par arme à feu.

La taille de l'orifice d'entrée laisse supposer qu'il s'agit d'une balle d'un calibre important du type employé par exemple pour la chasse aux sangliers.

Bien que cela ne soit pas à l'origine du décès, il a été constaté que la victime avait les mains et les pieds entravés par un genre de câble électrique. Cependant, l'absence de concentration de sang dans la paume des mains et dans les doigts démontre que leur pose est à l'évidence postérieure au décès. On peut dès lors s'interroger sur son utilité… A moins qu'il ne se soit agi de présenter une origine erronée du décès, une sorte de fausse piste pour les enquêteurs.

Il en est de même des conséquences de l'incendie auquel le corps a été exposé. On ne retrouve aucune trace d'inhalation de fumées toxiques dans les poumons de la victime. Celle-ci n'a donc pas respiré des fumées toxiques ou même simplement chargées en particules carbonées provenant d'un incendie domestique.

La victime était déjà morte lorsque l'incendie s'est déclaré.

Ce n'est donc que des suites d'une blessure provoquée par un tir d'arme à feu que le décès est survenu vraisemblablement entre 16h00 et 18h00 le 3 novembre de cette année.

Fait à Lyon, le 7 novembre 2016.

Docteur Jean Tapissier, médecin légiste »

Casset replia le rapport et le glissa dans l'enveloppe. Il leva les yeux et se trouva littéralement criblé par les regards convergents de Kennedy et du gendarme. « Hélas, il n'y a pas le nom de l'assassin… », leur lâcha-t-il pour toute réponse à leurs interrogations muettes.

- Jacquet, vous pouvez retourner à la brigade, je vous rejoins dans un quart d'heure.

- Bien, Monsieur l'inspecteur, répondit-il en se mettant une nouvelle fois au garde-à-vous, et il sortit du cimetière.

Casset tentait de demeurer énigmatique mais Kennedy ne semblait pas décidé à s'en contenter.

- Donc, c'est qu'il y a un assassin… puisque son nom ne figure pas dans le rapport, suggéra malicieusement Kennedy en souriant, sans doute fier de sa trouvaille de pure logique.

Casset se rendit alors compte qu'il en avait effectivement trop dit, tout en ne disant rien.

- … Eh oui, reprit Kennedy, jusqu'à présent, il n'y avait que de vagues bruits qui commençaient à circuler sur l'origine du décès mais rien ne permettait d'écarter l'hypothèse d'un décès purement accidentel dans un incendie domestique. Alors qu'avec ce que vous venez de nous dire, il y a un assassin ; ça change tout, pas vrai ?
- Bon d'accord, d'accord mais rien ne doit transpirer, dans la presse ; si vous voyez ce que je veux dire.
- Rassurez-vous répliqua Kennedy. Demain, il n'y aura que le compte-rendu de l'enterrement. On reste en contact, je me renseigne de mon côté…

Et ils se séparèrent, Casset regagnant la brigade de gendarmerie et Kennedy… ses mystères.

> *8ème station* — *Il était suivi d'une grande multitude du peuple, entre autres de femmes qui se frappaient la poitrine et se lamentaient sur lui. Jésus se tourna vers elles et leur dit : « Filles de Jérusalem, ne pleurez pas sur moi mais pleurez sur vous-mêmes et sur vos enfants… » (Luc 23, 27)*

8

La gendarmerie de Valréas, le 7 novembre

La scène que Pascal Casset découvrit en entrant dans les locaux de la brigade de gendarmerie de Valréas le surprit. Le petit gendarme Jacquet, qu'il prenait quand même un peu pour un demeuré, semblait s'être métamorphosé en leader charismatique. Il était debout, un pied négligemment posé sur une chaise, une liasse de procès-verbaux en main et quatre gendarmes assis autour de lui qui buvaient littéralement ses paroles.

- Euh… Je faisais juste un point sur l'enquête. Je veux dire sur sa progression grâce à vous Monsieur l'inspecteur, se crut obligé de préciser Jacquet en se mettant une nouvelle fois au garde-à-vous.

Il fut imité par les quatre autres gendarmes qui eux aussi se mirent immédiatement debout et, eux aussi, au garde-à-vous.

- Repos ! se crut obligé de dire Casset afin de les libérer de leur réflexe conditionné.

Et, effectivement, ils cessèrent aussitôt leur manifestation de respect hiérarchique ; ce qui d'un autre côté obligea Casset à prendre le relais. Il décida de tenir une réunion dans le bureau de l'adjudant Meynier.

- Dans le bb… le bu… tenta d'articuler Jacquet, interloqué par une telle audace.
- Bien sûr, dans le bureau de l'adjudant, confirma Casset. Il n'est pas fermé à clé au moins ? interrogea-t-il.
- Oh non ! C'est interdit de fermer son bureau dans la gendarmerie !

Lorsqu'ils pénétrèrent dans ce leu sacré à leurs yeux, Casset intima à Jacquet l'ordre d'occuper le fauteuil de l'adjudant. Après un instant d'hésitation, il obtempéra. Les quatre autres gendarmes prirent alors place autour de la table de travail avec des mines de conspirateurs ; ils n'avaient visiblement jamais été conviés à participer d'aussi près à une telle enquête.

Casset, debout, prit la parole. Il parvint à dissimuler son envie de rire pour ne pas froisser l'orgueil des gendarmes. Malgré le sérieux de la situation, l'inspecteur ne pouvait s'empêcher de penser que tout cela relevait d'une vaste comédie.

- Nous venons de recevoir le rapport d'autopsie. On le savait, la mort n'est pas accidentelle ! Mais il y a plus. Plus grave, plus inquiétant.

Il sentit un frisson parcourir la brigade. Ces cinq gendarmes, cinq pauvres garçons expatriés, si éloignés de leurs régions natales qui n'avaient d'habitude que des délits routiers ou des bagarres d'ivrognes en fin de bal à se mettre sous la dent se trouvaient soudain au centre d'une enquête pour un homicide. Une affaire qui allait peut-être faire la une des journaux, voire même passer à la télévision. Tous adoptèrent d'emblée la tête de l'emploi, froids, déterminés et professionnels. En fait, des vraies têtes de psychopathes, pensa Casset.

- Le rapport d'autopsie nous apporte de nouveaux éléments, reprit-il. Louisette Balducci a été tuée par une balle du type de celles qui sont utilisées pour la chasse aux sangliers, une seule balle dans la poitrine. Il y a plus mystérieux : on a cherché à nous embrouiller. L'assassin a tenté de créer des fausses pistes : les liens autour des mains et des pieds de la victime et l'incendie, tout ça, c'est de l'enfumage ! Louisette Balducci était déjà morte. Le rapport d'autopsie est formel. Aucune brûlure des voies respiratoires et les liens n'ont été posés qu'après le décès… Pourquoi ? Bien franchement, ça m'apparaît secondaire. Notre vraie question, c'est « par qui ? »

Un frisson parcourut l'ensemble de ses ouailles. Ils étaient dans le dur.

- Il nous faudra faire vite. La presse n'est au courant de rien pour l'instant dit-il en regardant Jacquet afin de le tranquilliser. Mais ça ne durera pas ! Ne protestez pas, précisa-t-il avant même que l'un d'eux ait songé à le faire. Je sais comment ça se passe dans ce genre de dossier. C'est la plus extrême discrétion qui est de rigueur. Je vous interdis, « interdis ! », répéta-t-il, de parler de quoi que ce soit à qui que ce soit au sujet de notre enquête.

Mais pas très certain que tous comprennent le sens du mot, il crut nécessaire de préciser ses instructions.

- Vous ne pouvez en parler à personne, hormis dans la brigade ou au Procureur ou à son substitut.

Les mines des gendarmes reflétaient une gravité de bon aloi. Ils étaient visiblement totalement imprégnés de l'importance de leur mission et de leur rôle dans cette enquête.

- Dans un premier temps je vais retourner sur place, à Sainte-Solèsne des Vignes, pour reprendre les constatations. Jacquet, vous venez avec moi. Nous ferons un nouveau point dès que j'aurai pu enfin voir ce qui reste sur place.

C'est ainsi que Casset se retrouva dans la fourgonnette sérigraphiée de la Gendarmerie nationale que Jacquet pilotait avec tact et précaution. Il avait refusé fermement de remonter dans la 205 Peugeot hors d'âge que Casset se faisait un devoir de tenter de maintenir en vie. Dans la gendarmerie les entorses aux principes ne peuvent pas s'éterniser : le gendarme ne se déplace qu'en véhicule de gendarmerie !

Ils arrivèrent rapidement sur les lieux. En plein jour, l'état de la maison n'apparaissait pas si catastrophique. L'incendie avait semble-t-il été rapidement circonscrit. Seule la pièce dans laquelle le corps de Louisette Balducci avait été retrouvé avait été atteinte. L'odeur de bois brûlé et d'essence était difficilement supportable ; ils durent ouvrir toutes les fenêtres du rez-de-chaussée afin de retrouver un peu d'air frais et respirable.

Le sol était souillé. Ils pataugeaient dans un mélange de boue faite de cendres et d'essence. Jacquet montra à Casset l'endroit où le corps de Louisette Balducci avait été retrouvé, allongé sur le sol. Non, au premier abord, lui n'avait pas constaté qu'elle avait les mains et les pieds entravés. Le corps était boursouflé du fait de l'incendie, les cendres des vêtements brûlés devaient sans doute dissimuler les liens. C'est quand l'adjudant Meynier leur avait demandé de le déplacer, qu'ils avaient constaté la présence de liens mais pas la blessure au niveau de la poitrine. Jacquet dut aussi reconnaître que l'émotion en présence d'un cadavre et la contrariété due aux instructions délirantes de son supérieur hiérarchique lui avaient sans doute ôté une partie de ses facultés d'observation.

Les traces de l'incendie ne permettaient pas d'identifier avec précision l'endroit d'où le feu avait démarré.

- C'est à cause de l'essence. Elle s'est répandue sur le sol. Quand le feu a été allumé, il s'est généralisé. Jacquet, essayez de rassembler vos souvenirs, qu'avez-vous fait à la demande de Meynier ?
- D'abord l'adjudant Meynier nous a demandé de faire glisser le corps vers la cuisine. On l'a traîné. C'était... Il ne parvint pas à terminer sa phrase.
- Bon, après, que vous a-t-il demandé ? Vous a-t-il demandé de fouiller, de voir si quelque chose avait été volé ?
- Il paniquait un peu, je ne sais pas pourquoi. Je crois qu'il était totalement dépassé. Il voulait que les lieux aient l'air plus net. C'était ridicule.
- Non, c'était criminel de la part d'un flic, répliqua Casset.

Jacquet refit alors physiquement les gestes qu'il avait dû exécuter. Un balai pour tenter d'effacer les traces de l'incendie. Ils allèrent dans la cuisine. Un petit tas de cendres y était encore visible. Ce fut Casset qui remarqua une forme curieuse au milieu des cendres. Un morceau de plastique fondu, sans doute un bout de tuyau blanchâtre.

- Un bout de tuyau en plastique, remarqua Casset. Je crois qu'il va falloir que j'aille voir Bistagne.
- L'avocat ?
- Oui, je crois qu'il va avoir plein de choses à nous dire.
- Pour un simple tuyau en plastique ?
- J'ai déjà vu ça dans une autre affaire. En fait, ce tuyau, c'est un silencieux. Un silencieux artisanal peut-être, mais un silencieux quand même. Un peu moins efficace que ceux qu'on voit dans les films policiers, vous savez, ceux qu'on visse dans le canon d'un pistolet et qui font un bruit saugrenu quand une balle est tirée, le bruit d'une bouteille de vin qu'on débouche. Eh bien, ça, c'est aussi un silencieux, en plastique ; on peut le fixer au bout de n'importe quel canon de n'importe quelle arme à feu, aussi bien sur un revolver que sur un fusil de chasse. Il ne servira qu'une seule fois peut-être, pas très performant non plus mais c'est quand même un silencieux. Et vous savez ce que fait l'ex-mari de Louisette Balducci depuis qu'ils ont divorcé et qu'il a quitté Sainte-Solèsne des Vignes ? On m'a dit qu'il travaillerait dans une usine de matière plastique à Montélimar.

Jacquet demeura bouche bée. Le « On m'a dit » recouvrait d'une couche de mystère supplémentaire cette affaire. Tant de connaissances et une telle rapidité dans les déductions le stupéfiaient. Secrètement, il espérait en retirer un bénéfice durable pour sa carrière par une espèce de phénomène de contagion intellectuelle.

9ème station – Jésus tombe pour la troisième fois.

9

Cabinet de Maître Bistagne à Valréas, le même jour, 7 novembre

Rechercher un certain Miroslav, juste un prénom, à Montélimar sans connaître ni son nom de famille, ni son adresse un vendredi après midi… ou aller au plus direct, c'est-à-dire chez son avocat : sans hésiter, Casset choisit la seconde solution tant il connaissait les lacunes des services administratifs en fin de semaine. Le plus simple, c'était de s'adresser à Maître Bistagne, celui qui avait présidé au divorce de Louisette Balducci et Miro.

« Sonnez et entrez ». Casset entra, suivi de Jacquet un peu impressionné par cette démarche inhabituelle pour lui.

Le cabinet de cet avocat ne payait pas de mine. Une ruelle située derrière la place de l'Hôtel de Ville. Tranquille, presque morte. Sans doute choisie pour cela. Une jeune femme les accueillit derrière une banque hors d'âge. Casset reconnut immédiatement la secrétaire de mairie de Sainte-Solèsne des Vignes. « Ah ! Mais vous travaillez ici aussi en plus de la mairie de Sainte-Solèsne des Vignes ? » lui dit Casset.

- Oh mais non ! Pas du tout du tout. C'est qu'c'est ma sœur qui travaille à la mairie. On est jumelles. Moi, j'travaille ici en attendant de pouvoir rentrer dans l'administration, dit-elle avec le même accent alsacien que celui de sa sœur. Pa'ce que moi, c'est dans l'administration que j'voudrais travailler, pa'ce que vous comprenez, dans la famille on est tous dans l'administration, poursuivit-elle totalement intarissable.

Casset dut manifester une forme d'impatience face à ce flot verbal sans fin. La jeune femme se renfrogna un peu ; elle devait penser que ses considérations sur le sort professionnel de sa famille et le sien propre méritaient plus d'attention que ce dont Casset faisait preuve. Un peu coincée, elle reprit son rôle de secrétaire.

- Et c'est pourquoi qu'ces messieurs y sont là ? finit-elle par demander.
- Voir Maître Bistagne, répondit laconiquement Casset.
- Mais c'est qu'vous avez pas d'rendez-vous. Moi, j'srais d'vous, j'prendrais un rendez-vous pa'ce que j'sais pas si Maî'te Bistagne y pourra vous r'cevoir avec tous les rendez-vous qu'il a aujourd'hui. Bougez pas, j'vais voir si y peut vous r'cevoir…

Bistagne sans doute averti par le bruit de la conversation ouvrit la porte de son bureau. La vue d'un civil accompagné d'un gendarme en train d'argumenter avec sa secrétaire l'incita à intervenir pour mettre fin au tir de barrage de son employée. Casset n'eut même pas à se présenter. Il sembla que Bistagne connaissait déjà son identité et donc la raison de sa présence à Valréas en compagnie du gendarme.

Il les accueillit chaleureusement ; son vocabulaire était riche et choisi, il l'agrémentait d'un bel accent provençal qu'il ne cherchait jamais à dissimuler et dont il jouait pour rendre son abord plus facile.

- Ah ! C'est vous ! L'inspecteur parisien qui nous a été délégué pour éclaircir cette malheureuse affaire. Soyez le bienvenu. Et bonjour à vous monsieur le gendarme, dit-il en usant volontairement d'un langage enfantin. D'habitude, je ne viens ici que le samedi mais j'ai dû venir dès hier pour assister à l'enterrement de cette pauvre Louisette.

Il justifia la modestie de ce bureau par le fait qu'il ne s'agissait pour lui que d'une activité d'appoint, un cabinet secondaire, son cabinet principal étant établi à Carpentras : « La ville dans laquelle il se dit que les veuves soucieuses du rendement de leurs économies font l'opinion dominante dans notre République… C'est sans doute une légende… » dit-il en souriant.

Il y avait aussi une autre raison à la modestie des lieux, expliqua-t-il. De même que sa situation, dans la ville haute, derrière l'Hôtel de Ville, dans une rue déserte, permettait de conserver une certaine confidentialité, le caractère volontairement modeste de l'ameublement incitait la clientèle à penser qu'elle n'aurait pas à payer son avocat pour entretenir un mobilier somptueux mais que les honoraires versés seraient exclusivement consacrés à établir leur défense.

« Voyez-vous, c'est toute une stratégie d'attraper la clientèle » avoua-t-il. Alors qu'il venait de prononcer cette lourde considération, il aperçut le regard que Casset portait sur sa cravate en soie, certes un peu voyante, mais visiblement issue des productions d'une prestigieuse maison parisienne. Il se crut donc obligé de compléter sa réflexion : « Contrairement à ce qu'on répète souvent : l'habit fait le moine ! Et surtout pour les gens les plus modestes. C'est donc aussi une forme de respect à leur égard que d'avoir l'air d'être ce qu'ils pensent que vous êtes…» Il avoua qu'il se faisait donc une obligation d'afficher une certaine réussite par son apparence vestimentaire. L'amour de la bonne chère et des bons vins ne devait pas être étranger non plus à un début d'embonpoint.

- Alors, dites-moi, que puis-je faire pour vous ?
- Nous sommes à la recherche d'un certain Miroslav, l'ex-époux de Louisette Balducci. Pouvez-vous nous donner son adresse ou au moins un moyen de le contacter ?

Bistagne ne répondit pas immédiatement. Il tentait visiblement de créer un effet théâtral.

- Je pourrais le faire, finit-il par lâcher. Je le pourrais mais je ne le ferai pas. Voyez-vous, je suis avocat. Vous, vous êtes policier. Nous sommes tous les deux tenus au respect du secret professionnel ; et ça n'est pas rien. Ici, la terre est dure, les gens sont durs au mal. Il y a maintenant trente ans, j'ai pris la suite de mon père qui était avoué à Carpentras, un homme unanimement respecté. Je crois n'avoir non plus jamais démérité. Aujourd'hui, je suis immensément riche, entre autres parce que je respecte mes clients. Jamais je ne trahirai un secret reçu de la part de l'un d'eux.

Il poursuivit en précisant bien qu'il ne parlait que de clients. « Des clients, pas des amis ! Des amis, j'en ai. J'en ai effectivement : deux ou trois. Pas plus. Parce que les clients d'un avocat, ce sont pour moitié des salauds et pour autre moitié des victimes des salauds sans qu'on soit souvent à même de dire qui ressort des uns et qui des autres. Je dois avoir une trop haute opinion de moi pour m'en faire des amis… Ce qui ne m'empêche pas de les respecter et de les défendre. Mais, vous ne le savez peut-être pas, défendre, ce n'est ni aimer, ni approuver ».

Il avait prononcé cette tirade d'un seul trait. Casset ne s'attendait pas à autre chose mais il espérait quand même retirer quelques renseignements de cette rencontre. Bistagne, visiblement satisfait de son effet, reprit la parole.

Il compléta sa première déclaration en précisant qu'il ne donnerait accès à un dossier que sur réquisition de justice et encore, en présence de son bâtonnier et pour un seul dossier spécifiquement désigné. Puis, plus directement, il demanda à Casset pourquoi il en voulait à ce pauvre Miroslav Manisevic, révélant ainsi pour la première fois le véritable patronyme de l'ex-mari de Louisette Balducci. « Il est bien loin de tout ce qui peut agiter Valréas et Sainte-Solèsne des Vignes », lui dit-il.

Casset le laissait parler. Bistagne s'en rendit compte et chercha à couper court en revenant sur le terrain du policier. « On dit que la mort de cette pauvre Louisette ne serait pas totalement accidentelle. C'est ça qui vous occupe ? »

- Eventuellement, ça peut avoir un rapport, acquiesça Casset.
- Ah ! C'est donc ça ! Et vous soupçonnez Miroslav Manisevic d'être pour quelque chose dans la mort de cette pauvre Louisette, c'est bien ça ? Si c'est bien ça, je crois que je peux vous aider. Si, si vraiment. D'autant plus que ce n'est pas couvert par le secret professionnel. Je suis effectivement l'avocat de ce pauvre Miro, un brave type, travailleur mais pas très malin. J'ai organisé le divorce de Louisette Balducci et Miro. C'était simple, il avait fichu le

camp. Il faut le comprendre, il avait été un peu exploité par son beau-père et cette pauvre Louisette n'était pas une vraie femme… Enfin, vous me comprenez, pas la femme dont on peut rêver. Ah, je vois qu'on se comprend ! Aujourd'hui Miroslav vit à Montélimar mais il a gardé de son passé de légionnaire quelques mauvaises habitudes. Quand il ne travaille pas, il boit. Il boit beaucoup. Beaucoup trop. Plus que ce que vous pouvez imaginer sans doute. Et dans ces cas-là, il vaut mieux ne pas se trouver sur son chemin. Après, il regrette mais il est bien incapable de se maîtriser. Et c'est ainsi qu'il y a trois semaines maintenant, il a de nouveau totalement réduit en miettes un bistrot de Carpentras ; il semble que le patron lui aurait, selon lui, manqué de respect en refusant de lui servir un verre de plus. Les risques du métier pour le bistrot me direz-vous… mais… c'était la troisième fois. C'est moi qui l'ai défendu devant le tribunal correctionnel de Carpentras. On ne peut pas faire des miracles. Il a pris trois mois fermes. A mon humble avis, ce n'est pas un jugement scandaleux. Les procès sont publics, ce n'est donc pas couvert par le secret professionnel. C'est comme ça que, pour lundi, le jour de la mort de cette pauvre Louisette, il a un alibi… Un alibi en béton avec barreaux métalliques à sa fenêtre si vous voyez ce que je veux dire ; le pauvre Miro est en prison à Avignon. Vous pouvez vérifier, le jugement a été rendu le 10 ou le 11 octobre, il y a environ trois semaines.

Fausse piste !

Casset remercia quand même Maître Bistagne ; éviter une fausse piste est aussi une des ficelles du métier. Il se reprochait quand même un peu d'avoir sauté sur le premier indice et de devoir reprendre les constatations sur place qu'ils avaient bien prématurément abandonnées. Un peu orgueilleux, il détestait que ses initiatives professionnelles finissent en numéro d'amateur.

Quant à lui, le Maréchal des logis Jacquet semblait décontenancé. Il aurait de loin préféré que l'enquête soit bouclée sur le premier indice et, à ce titre, Miro faisait un excellent coupable.

La piste Miro fermée, il leur fallait tout recommencer en matière de constatations. Rapidement, Casset se reprit. « L'arme ! dit-il. Il faut retrouver l'arme, un fusil apte à tirer des balles pour la chasse au sanglier, ça ne doit pas courir les rues »… Ce fut Jacquet qui, pour une fois, lui donna la leçon. « Vous n'y pensez pas, ici, tout le monde, je veux dire tous les hommes, dès l'âge de seize ans, ont leur fusil. Alors, des fusils comme celui-là, il doit bien y en avoir cinq à six cents rien qu'à Valréas… et la plupart ne sont pas déclarés, un par famille au mieux. Autant chercher une aiguille dans… » Casset ne lui laissa pas finir sa phrase. « Bon, on va essayer de faire mieux et de viser plus juste », concéda-t-il.

Il dut prendre sur lui pour revenir aux fondamentaux du métier d'enquêteur : fermer les portes. Donc faire l'inventaire des éventualités et en visiter tous les recoins avec une obstination de termite… Termite. Cette perspective de vie d'insecte lui donnait la nausée mais comment faire autrement ? Il fit le compte des éventualités qu'un enquêteur devait envisager dans une telle configuration : à qui profite le crime ? A personne apparemment. Ses héritiers ne changent pas du fait du décès de Louisette Balducci, puisqu'ils disposaient déjà de son patrimoine avant son décès. Qui a été vu pour la dernière fois en compagnie de Louisette Balducci ? Personne. Quelqu'un, n'importe qui même, a-t-il des soupçons sur quelqu'un ? Non, personne ne soupçonne personne en particulier ou plutôt, tout le monde soupçonne tout le monde. Un vrai nid de vipères ! pensait-il.

Des pistes qui demeuraient, il se fixa sur deux ou trois éventualités : un conflit Rouges contre Bleus autour des deux coopératives viticoles mais aussi cette obscure querelle qui semblait opposer les partisans et adversaires de la création d'une zone commerciale sur la commune de Sainte-Solèsne des Vignes. Une querelle dans laquelle Bertrand Rossetti semblait jouer un rôle difficile à cerner d'autant plus qu'il n'avait pas assisté au dernier Conseil municipal, le jour de l'incendie et de la mort de Louisette Balducci ou enfin l'absence inexpliquée d'une certaine Marie Fourrasse lors de l'enterrement.

Pascal Casset décida de procéder par éliminations successives des personnes susceptibles d'avoir un rapport, si ce n'est avec la mort de Louisette Balducci, mais au moins avec la victime elle-même. Avant de s'intéresser à Marie Fourrasse, il choisit de commencer par celui qu'il n'avait pas encore rencontré, juste aperçu lors de l'enterrement, Bertrand Rossetti, celui qui était censé représenter les intérêts du groupe de distribution désireux d'implanter une vaste zone commerciale à Sainte-Solèsne et qui était miraculeusement absent de Sainte-Solène des Vignes le jour du drame.

Jacquet conduisit donc Casset aux bureaux de celui qui lui avait été présenté comme le représentant du Groupe Vitagros. « Les bureaux » qui lui avaient été annoncés se révélèrent être une sombre boutique dans une petite rue de Valréas. La plaque en plexiglas noir annonçait que « Rossetti Consulting, Conseil en investissement, en gestion et en management », avait son siège social à Paris, au Rond-point des Champs Elysées. Une localisation parisienne aussi prestigieuse semblait bien mal s'accorder à la modestie proche de la misère qu'offrait la vision de ce qui était aussi présenté sur la plaque de façade comme n'étant que l'agence de Valréas d'un cabinet hautement spécialisé.

L'entretien ne dura finalement qu'une heure tant Casset fut rapidement édifié sur l'insignifiance du personnage qu'il rencontra. Rossetti n'avait décidément aucune allure, toujours sanglé dans le même costume dépareillé, le pantalon toujours trop court et une veste qui ne parvenait toujours pas à dissimuler une chemise à la propreté douteuse. Rossetti reconnut d'emblée que sa petite entreprise n'avait pas de fonctionnement réel. Il n'en était que salarié ; ses deux faillites précédentes lui interdisaient d'être à la tête d'une entreprise par décision du tribunal : cinq ans d'interdiction de gérance lui avaient été infligés. S'il avait bien eu un contrat avec le groupe Vitagros pour faciliter l'implantation d'une zone commerciale à Sainte-Solèsne, ce contrat n'avait duré qu'un an et il n'avait jamais été renouvelé. Rossetti conservait cependant l'espoir de reprendre cette relation ; c'est pourquoi il gardait un contact chez Vitagros et tentait de les tenir informés de l'écho que ce projet suscitait à Sainte-Solèsne des Vignes en espérant retrouver grâce à leurs yeux et décrocher un nouveau contrat... Sans résultat pour l'instant. Pour le reste, il dut reconnaître que son cabinet n'avait aucune activité. Il vivait aux crochets de son père mais tentait encore de maintenir les apparences... Le siège social parisien n'était en fait qu'une simple adresse dans un parking public en sous-sol effectivement situé au Rond-point des Champs Elysées où l'on pouvait louer des bureaux de 8 m² à la demi-heure et y domicilier un siège social moyennant une redevance de 15 euros par mois.

Mais, plus que les aveux de non-existence de son entreprise, ce fut l'attitude de Rossetti qui convainquit Casset de son absence d'implication dans la mort de Louisette Balducci. Il indiqua que ce jour-là, il n'avait pas pu assister à la réunion du Conseil municipal car il avait dû passer la journée entière à Carpentras. Au Tribunal le matin pour le suivi de sa condamnation puis devant la Commission de recours amiable de l'Urssaf l'après-midi. Sa société n'avait plus payé les cotisations sociales au titre de son salaire depuis deux ans et une mise en liquidation judiciaire était demandée devant le Tribunal de Commerce.

Pour Casset, c'était surtout l'attitude de Rossetti qui démontrait son innocence. Autant il apparut gêné, voire même terrorisé, par toutes les questions relatives à son activité - en fait une inactivité - professionnelle, autant il était détendu et sûr de lui pour répondre à toutes les interrogations qui portaient sur son emploi du temps le jour de la mort de Louisette Balducci. Il semblait même ne pas saisir que les questions de Casset visaient toutes à reconstituer son emploi du temps et un éventuel lien avec ce décès tant il était soucieux de sa propre situation.

En sortant de cet entretien, Casset eut quand même un peu de mal à transmettre sa conviction à Jacquet qui avait assisté, muet, à cette rencontre.

- Non, non, je vous l'assure, dit Casset, il n'a rien à voir là-dedans. Même pas comme complice ! Il ne fait pas la maille. Vous avez bien vu à quel point il était inquiet dès qu'il s'agissait de son cabinet de conseil, il se mettait à transpirer, il ne trouvait plus ses mots et, par contre, à quel point il était soudain à l'aise et détendu dès qu'on évoquait le jour de la mort de Louisette Balducci. Non, croyez-moi, il me semble totalement étranger à cette affaire. La seule chose qui l'intéresse, c'est son image. Il veut à tout prix apparaître comme un businessman ; il veut surtout cacher son échec. Je ne sais pas si vous l'avez remarqué, il n'a même pas compris que je l'interrogeais au sujet de la mort de Louisette Balducci. Il doit encore être persuadé que c'est à ses retards de règlement des cotisations sociales qu'il doit notre visite.

Jacquet n'était que modérément convaincu par les conclusions de l'inspecteur tant il pensait habituellement qu'un innocent est souvent un coupable qui s'ignore mais il ne protesta pas lorsque Casset lui demanda de le conduire au domicile de Marie Fourrasse.

C'était la poursuite d'un plan d'investigations systématiques, et ça, ça lui plaisait.

Le maréchal des logis Jacquet fut associé aux réflexions de Casset alors qu'il avait repris la conduite de la camionnette de la gendarmerie. Il approuvait le raisonnement de l'inspecteur ; en fait, il n'aurait même pas envisagé de le contredire malgré le secret qui pesait sur sa conscience. Mais il ne parvenait toujours pas à s'en ouvrir auprès de l'inspecteur…

Des trois ou quatre hypothèses plausibles pour l'origine du décès qui pouvaient être envisagées, après l'élimination des pistes « Miro » et « Rossetti », il restait celle de Marie Fourrasse. Quoique cette éventualité le gênait un peu, une femme… Et puis, il y avait ce que Casset ne savait pas… pas encore. Comment en parler ? Jacquet en était là de ses tourments au volant de la camionnette lorsqu'ils parvinrent rapidement au domaine de « La Gérouse », la propriété de Marie Fourrasse sur la commune de Sainte-Solèsne des Vignes.

Un portail somptueux accueillait les visiteurs. Une allée menait au bâtiment principal, une sorte de petit château, ce qu'on appelait au XIXe siècle des « folies », de vastes demeures érigées pour de riches bourgeois qui venaient le temps de leurs vacances jouer au retour à la terre et aux valeurs fondamentales.

Personne en vue lorsque Jacquet gara le véhicule devant le perron de la majestueuse maison de maître. Pourtant, rapidement une silhouette apparut. Empressé, un homme d'environ trente ans vint à leur rencontre. Il imposait plus qu'il ne proposait de les aider à décharger leurs bagages et à leur expliquer le fonctionnement de l'établissement. Il fallut que Casset le calme et le rassure. « Non, non, nous ne sommes pas des clients, nous souhaitons simplement rencontrer Madame Fourrasse ». L'homme qui leur faisait face ne semblait pas comprendre le refus qui lui était opposé ; il tenait visiblement à son rôle et à l'importance que celui-ci lui conférait. Sans tenir compte de ce qui venait de lui dire Casset, il reprit donc son discours initial.

- Si, si, c'est moi qui prends les bagages, c'est Madame Fourrasse qui l'a dit ! C'est moi qui prends les bagages !

C'est alors que Casset comprit que leur interlocuteur était un des déficients mentaux qui étaient accueillis dans la communauté de Marie Fourrasse. Il avait une attitude un peu trop empressée, un regard trop fixe. Il fallait sauvegarder le rôle qu'il remplissait.

- Madame Fourrasse est au courant lui dit Casset. Elle nous attend - ce qui était faux mais ça devait le rassurer - nous n'avons pas de bagages !

Décontenancé par cette réponse, l'homme, les bras ballants, les regarda pénétrer dans le hall d'accueil.

Celui-ci était tapissé d'affiches annonçant les activités en cours et celles prévues dans les semaines à venir. Les préventions de Kennedy se confirmaient : le titre des séminaires et conférences avait effectivement de quoi surprendre un esprit rationnel :

Domaine de la Gérouse

Tous nos stages sont dirigés par des enseignants diplômés et expérimentés

Développement personnel par la sophrologie : 6 jours........ 1 000 euros
Energie par le souffle : 2 jours.. 450 euros,
Energies primales : 3 jours... 800 euros,
Sexualité féminine : 4 heures...30 euros,
Jeûnes et randonnées : la semaine .... 800 euros,
Produits naturels et santé : 2 jours.. 300 euros,
Hébergement en dortoir : la nuit...35 euros,
Hébergement en chambre individuelle ....65 euros,
Hébergement en chambre double ....45 euros,
Hébergement en chambre avec isolation des ondes magnétiques 125 euros,
Petits déjeuners bio ....18 euros,
Repas Vegan ....35 euros,
Possibilité de cours de Yoga, Qi Gong, Tai Chi Chuan, Sophrologie curative,
Parking 1 jour ....18 euros,
Parking couvert 1 jour ....25 euros,
Wifi sur demande 1 jour ....5 euros

Les prix des différentes activités proposées étaient simplement inscrits à la main au crayon-feutre. Ils étaient sans doute fréquemment modifiés. La haute tenue intellectuelle de la maîtresse des lieux ne l'empêchait pas de suivre strictement l'évolution du cours de la monnaie. Et surtout, l'écriteau le plus important précisait que toutes les prestations devaient être réglées d'avance et qu'aucun remboursement ne serait dû, même si le stagiaire ne pouvait assister ou participer au stage auquel il s'était inscrit. « C'est pire que dans une station de ski ! Tout est payant ici… » laissa tomber Casset après avoir lu toutes les annonces qui couvraient les murs du hall d'accès.

De son côté, Jacquet semblait troublé. Il avoua alors à Casset que sa femme était venue consulter Marie Fourrasse pour une brûlure quelques semaines auparavant. « Mais je suis resté dans mon véhicule, à l'extérieur. Je ne connais pas la dénommée Fourrasse Marie », s'empressa-t-il de préciser en usant de cette formulation linguistique si propre à la Gendarmerie nationale. Il avait enfin pu se libérer de ce qu'il considérait comme un lourd secret.

C'est alors qu'une femme d'une cinquantaine d'années, à la chevelure grise ébouriffée, ouvrit une porte donnant sur le hall d'accueil. Elle était vêtue d'un ensemble de soie noire dont la fluidité accentuait sa silhouette encore juvénile malgré le gris de ses cheveux. Elle arborait une paire de lunettes d'un rouge flamboyant. On sentait, rien qu'à sa manière de se déplacer et de regarder ses interlocuteurs, une grande maîtrise d'elle-même, une sorte de faculté de domination, intellectuelle peut-être, mais surtout physique. Elle les interpella sur un ton plutôt ironique, sans agressivité, mais assurément dominateur. Elle jouait.

- Tiens, mais on a de la visite ! J'espère que mon factotum ne vous a pas trop importunés. Il prend son rôle très au sérieux. C'est important pour lui, une sorte de thérapie. Eh bien, bienvenue, tout le monde ne parle que de vous depuis hier. Pensez ! Un inspecteur parisien pour faire la lumière sur cette ténébreuse affaire... Il n'en faut pas plus dans ce marigot pour exciter les mauvais penchants. Et Dieu sait si ça ne manque pas par ici.

Elle utilisait un ton volontairement provocant et teinté d'ironie. Casset comprit tout de suite qu'il avait affaire à une vraie personnalité ; ce qu'on appelle un tempérament. Plutôt que de tenter immédiatement d'endiguer un torrent furieux, il choisit de laisser s'écouler le trop-plein de fiel dont Marie Fourrasse était porteuse.

- On ne m'avait pas annoncé votre visite mais si je puis vous être d'une quelconque utilité, c'est avec un grand plaisir que je collaborerai avec vous, dit-elle en insistant lourdement sur le dernier mot.
- Je suis effectivement l'inspecteur Casset, répondit sobrement ce dernier. Je suis assisté par le maréchal des logis Jacquet de la Gendarmerie nationale. Nous avons quelques questions à vous poser...
- Ah ! Monsieur Jacquet, s'empressa-t-elle de répondre, j'espère que votre épouse va mieux. Elle m'avait semblé bien fatiguée quand elle est venue nous consulter, répondit-elle en employant un « nous » dont Casset ne savait pas s'il désignait une collectivité ou si c'était un « nous » de majesté ne se rapportant qu'à elle.

Jacquet, congestionné, n'osait pas répondre sans doute gêné par ce lien pourtant indirect avec celle qu'il devait désormais considérer comme un éventuel témoin ou peut-être même une suspecte mais aussi par le fait qu'il était face à une très belle femme ; une femme d'un genre peu courant dans sa vie. Elle avait sans doute été plus séduisante encore quelques années auparavant mais c'était surtout son assurance et son aplomb qui devaient impressionner le jeune gendarme. Casset dut reprendre la direction des opérations.

- Vous êtes bien Marie Fourrasse ? lui demanda-t-il avant de compléter. Je peux vous affirmer que nous sommes plutôt sérieux ; et nous avons vraiment des questions sérieuses à vous poser.

Marie Fourrasse consentit alors à rentrer ses griffes bien qu'elle demeurât quand même sur la défensive.

- Je ne sais pas ce qu'on a pu vous raconter sur moi et sur notre centre. Oh, ce n'est pas trop difficile à deviner tant nous avons d'ennemis ici. On a dû vous dire que nous sommes une secte ou quelque chose dans ce genre… C'est ça n'est-ce pas ?
- On me l'a aussi dit, répondit Casset, mais pas que… C'est bien pour ça que j'ai souhaité vous rencontrer. Pour comprendre…

Marie Fourrasse se montra alors plus coopérative. Elle expliqua le fonctionnement de son centre « proto-chrétien ». Elle avait effectivement acquis ce domaine après son divorce, une propriété de quarante hectares comprenant des vignes, une maison de maître et une ancienne usine de traitement du ver à soie, ce qu'on appelle une magnanerie. Elle avait toujours été intéressée par les philosophies orientales et par les médecines douces. Elle avait donc eu l'idée de consacrer ce domaine à la diffusion de ces savoirs. L'accueil de quelques déficients mentaux, leur intégration dans la petite communauté qu'elle avait créée étaient dûment reconnus par les services de l'Etat ; et même subventionnés par la Caisse d'Assurance Maladie ! Selon elle, ça revenait moins cher que les internements en hôpital psychiatrique.

Il y avait aussi les stages. Elle reconnut cependant que ceux qu'elle proposait avaient moins de succès depuis quelques années. Ils n'attiraient plus que quelques femmes souvent dépressives, des femmes entre deux âges pour l'essentiel issues de l'enseignement, donc pas les plus fortunées et surtout pas les plus faciles.

C'est pourquoi elle développait désormais une activité para-médicale. « Mais Monsieur Jacquet sait bien de quoi je vous parle, n'est-ce pas Monsieur Jacquet ? »

Elle poursuivit en invitant Casset et le gendarme à assister à la consultation qu'elle allait donner à l'un de ses patients. « Il n'y a rien de secret, rien d'illégal, rassurez-vous ! Je ne prétends pas exercer la médecine ! » leur lança-t-elle ironiquement en leur demandant de la suivre. « Je ne torture personne ! Vous verrez par vous-mêmes ce qu'il en est. Je crois que ce sera instructif pour vous ».

Dans une pièce attenante, sans doute la salle d'attente, Casset put en effet constater la présence d'un couple de personnes âgées. Une femme et son mari ; celui-ci avait le bras gauche recouvert d'impressionnants pansements. Sa femme qui avait visiblement besoin de parler les interpella dès qu'elle les vit pénétrer dans la salle d'attente. « Il a voulu faire brûler une souche d'olivier en l'arrosant d'essence ! dit-elle en désignant son mari. Voilà ce qui est arrivé ! Il souffre à présent ; brûlé au troisième degré… Ah ! C'est malin, tiens ! A son âge ! »

Marie Fourrasse expliqua au couple qu'elle allait les recevoir en présence de ces deux messieurs mais que cela ne changerait en rien l'efficacité de son intervention. Elle se permit même de préciser que l'épouse du gendarme était elle-même venue la consulter également au sujet d'une brûlure ; ce que Jacquet ne put que confirmer en opinant du chef.

Elle fit entrer le couple dans un salon garni de lourds meubles provençaux. Tout cela sentait la « chine » chez les antiquaires de l'Isle-sur-la-Sorgue pour bobos fortunés. Sans qu'il s'y attende, Casset entendit le petit gendarme, visiblement captivé, lui murmurer à l'oreille « Vous allez voir, elle parle à Dieu ».

Une fois le petit vieux installé sur une méridienne, Marie Fourrasse entama son intervention. Elle psalmodiait une sorte de prière au cours de laquelle elle insérait des *Notre Père* ancienne version, celle dans laquelle le croyant vouvoyait encore Dieu et des *Je vous salue Marie*. Elle soufflait parfois sur le bras du pauvre pépé qui semblait de plus en plus absent.

O grand Saint Laurent,
Sur un brasier ardent,
Tournant et retournant,
Vous n'étiez pas souffrant.
Ah ! Faites-moi la grâce
Que cette douleur passe :
Au nom du Père, du Fils et du Saint-Esprit.
Ainsi soit-il !

Notre Père s'en va par une voie,
Trouve un enfant qui larmoie :
Père, qu'a cet enfant ?

Il a chu en feu ardent,
Au nom du Père, du fils et du Saint-Esprit.
Ainsi soit-il !

Après le travail du médecin :
Feu de Dieu, perds ta chaleur.
Comme Judas perdit sa couleur,
Quand il trahit, par passion juive
Jésus au jardin des oliviers.
Toi, Dieu t'a guéri !
Au nom du Père, du Fils et du Saint-Esprit.
Ainsi soit-il !

Elle recommença cette même prière à trois reprises en intercalant toujours d'autres prières plus conventionnelles et de multiples signes de croix.

- Je coupe le feu, résuma-t-elle. Je ne prétends pas guérir ; j'enlève la douleur. Vous n'avez qu'à demander à ce pauvre monsieur, indiqua-t-elle.

Le petit vieux, déjà assommé de calmants et d'antalgiques, était bien incapable de répondre quoi que ce soit. Il se contenta d'un hochement de tête. Ce fut sa femme qui intervint pour défendre Marie Fourrasse. « Elle dit bien qu'il faut surtout aller au docteur et bien prendre les médicaments et puis elle demande pas de sous. On donne ce qu'on veut et surtout ce qu'on peut ! »

Nantie d'un pareil brevet d'honnêteté et de droiture morale, Marie Fourrasse raccompagna le couple avant de revenir dans le salon dans lequel Casset et Jacquet étaient demeurés. A son retour, ce fut elle qui mena l'entretien ; elle le fit avec une telle vigueur et un tel aplomb que Casset ne chercha pas à endiguer l'énergie qu'elle déploya.

Mairie Fourrasse se plaignait surtout des ragots qui la visaient. On l'accusait de diriger une secte, mais aussi d'être une écologiste radicalisée et de lâcher des vipères sur les collines environnantes depuis un hélicoptère. « Certains prétendent même que je serais une fille cachée de la vieille Tokatian, vous savez, cette vieille folle qui marmonne toujours des paroles incompréhensibles, n'importe quoi ! » De tout cela, elle déclarait être écœurée.

- Une secte ? Regardez vous-même... Elle est où cette fameuse secte ? Ils sont où mes esclaves ? Les trois pauvres garçons qui résident avec nous depuis cinq ou six mois et qui sont pris en charge par la Sécurité Sociale ? Il paraît aussi que je pervertis la jeunesse avec des sortilèges. Par contre lorsqu'ils se sont brûlés, alors là, ils viennent tous me voir. Ils ne s'en vantent pas mais ils viennent, même les gendarmes. Et puis, quand je fais tourner le commerce local, alors là, personne ne dit plus rien. Parce que les stages que j'organise, ça fait du monde ici...

Casset s'était composé un visage de circonstance, c'est-à-dire vaguement concerné mais un peu distant. Il l'avait laissée « cracher son venin » ; il attendait autre chose d'elle. Mais, apparemment Marie Fourrasse souhaitait encore lancer une dernière salve.

- Et à vous, qu'est-ce qu'on vous a dit sur moi ? Vous vouliez peut-être me parler de la mort de cette pauvre petite dame.

Non, elle ne savait rien au sujet de la mort de Louisette Balducci. Du reste, elle n'était même pas à Sainte-Solèsne des Vignes le jour de son décès dont elle ignorait même les circonstances puisqu'elle avait passé trois jours à Paris chez sa fille qui venait d'accoucher !

- Eh bien, je crains de vous décevoir. Je ne la connaissais pas. Pas du tout. Il paraît que nous étions voisines mais je crois ne l'avoir jamais rencontrée.

Il lui fut demandé d'être quand même plus précise. Elle reconnut cependant qu'elle connaissait son existence. Et elle expliqua que le seul rapport qu'elle pouvait entretenir avec Louisette Balducci tenait au fait qu'elle avait, elle aussi, confié la gestion des vignes de son domaine à Tony Brochenille. Il n'y avait là rien de secret, tout était parfaitement légal selon elle. Pour le reste, elle s'enorgueillissait des travaux qu'elle avait fait accomplir dans la magnanerie qui dépendait de son domaine. « Sans aucun financement extérieur ! » crut-elle utile de préciser. Les travaux de rénovation avaient permis de créer pas moins de quinze chambres et deux salles de conférence en lieu et place des ateliers de traitement de la soie. Selon elle, de cela aussi on la jalousait. Les adeptes qui avaient travaillé à ce projet l'avaient fait volontairement ; là encore, rien d'illégal selon elle. Simplement de la jalousie de la part de tous ces « culs-terreux » qui n'avaient su qu'hériter de leurs parents, conclut-elle.

Une fois cette ultime déclaration achevée, Casset se rendit compte qu'elle avait en fait répondu à toutes les questions qu'il aurait pu lui poser si elle lui en avait laissé le temps. De façon un peu provocante, elle invita Casset à repasser la voir « Si vous avez d'autres interrogations à mon sujet... », lui dit-elle. Il se garda bien de lui promettre quoi que ce soit et même de lui répondre. C'est ainsi qu'ils prirent donc congé.

A la porte de la maison de maître que Marie Fourrasse occupait, celui qu'elle avait qualifié de factotum avait été rejoint par deux autres jeunes hommes qui semblaient tout aussi perturbés. Ils se tenaient serrés les uns contre les autres, comme apeurés par la présence d'un gendarme. Loin d'être menaçants, c'était eux qui visiblement se sentaient menacés ; ils cherchaient la protection de Marie Fourrasse. Ce fut finalement elle qui les tranquillisa en raccompagnant Casset et le gendarme Jacquet.

- Tout va bien, ces messieurs s'en vont, rassurez-vous, il n'y a pas de problème, ils s'en vont.

Jacquet ne put que constater sur le chemin de la brigade que l'inspecteur était devenu soudain bien silencieux. Il répondit néanmoins avec retard à la remarque que le petit gendarme lui avait faite avant que Marie Fourrasse ne procède à son intervention «Vous m'avez dit qu'elle parle à Dieu… La vraie question, c'est de savoir s'il lui répond… ». Jacquet ne saisit pas l'ironie du propos. Il était manifestement gêné, gêné par le fait que sa femme ait consulté Marie Fourrasse. Casset s'en rendit compte ; il lui fallait dédramatiser la situation.

- Ne vous culpabilisez pas Jacquet, lui dit-il. Il est parfaitement normal que votre épouse soit allée voir Marie Fourrasse si elle en avait besoin. Est-ce que ça lui a apporté un bienfait au moins ?

Le gendarme n'avait aucun doute sur l'efficacité de cette intervention. Il insista par contre sur le fait qu'il ignorait que le cousin de Louisette Balducci était également celui qui exploitait les terres de Marie Fourrasse. « Quelle importance ? » lui répondit Casset. De toute façon, lorsque sa femme avait consulté Marie Fourrasse, on ne la soupçonnait de rien, enfin de rien de vraiment grave ; à part ces vagues ragots… Non, vraiment, il ne devait pas s'alarmer pour si peu. Ces propos calmèrent le gendarme qui était sans doute un peu trop sensible.

- Bon, on reprend tout ça demain ! conclut Casset qui était moins éreinté par l'action que par les obstacles qu'il rencontrait en permanence.

En outre, il avait besoin d'une conversation avec Kennedy. Un peu pour lui soutirer de nouvelles informations, un peu aussi pour enfin discuter avec quelqu'un à qui il ne reprochait rien et qui ne le craignait pas.

> *10ème station - Ils le crucifient et ils partagent ses vêtements en les tirant au sort pour savoir ce que chacun prendrait.* *(Marc 15-24)*

10

Valréas, l'hôtel du tour de ville, le vendredi 7 novembre

Kennedy ne tarda pas à rappliquer au restaurant de l'Hôtel du Tour de Ville après avoir reçu l'appel de Casset qui lui demandait de passer le voir « pour discuter ».

- Alors Inspecteur ? L'enquête progresse ? Vous avez le rapport d'autopsie à présent. Je ne vous demande pas ce qu'il contient. J'ai vainement tenté de faire parler un des gendarmes de la brigade cet après-midi. Il n'a rien voulu lâcher. Vous les tenez bien, ça nous change, dit Kennedy avec un brin de provocation.

- Je les ai briefés, reconnut Casset. De toute façon, comme je vous l'ai imprudemment dit ce matin, le nom de l'assassin n'y figure pas. Par contre, je voudrais que vous me parliez un peu de ce village, Sainte-Solèsne des Vignes. Ah, au fait, je vous remercie d'avoir respecté ma demande de discrétion même si je constate que vous avez quand même tenté d'en savoir plus auprès d'un des gendarmes de la brigade.

- Comme un scorpion… reconnut Kennedy. C'est ce qu'on dit dans ces cas-là. Comme un scorpion, je n'ai pas pu m'en empêcher. Mais je vous assure que je n'aurais rien publié sans votre accord si j'avais pu obtenir une info mais j'aurais quand même voulu savoir ; c'est une sorte de vice dans mon job.

- Alors, ce village, comment le voyez-vous ? demanda Casset.

Kennedy s'exécuta bien volontiers ; d'une part parce qu'il adorait parler de ce qu'il savait et aussi parce qu'il avait bien compris que Casset serait bien obligé de lui fournir, au moins quelques bribes de son enquête. L'inspecteur compléta avant de laisser le journaliste faire part de ses connaissances.

- Vous m'avez parlé d'un projet de zone commerciale sur le territoire de Sainte-Solèsne des Vignes et d'une base logistique. Vous en avez appris un peu plus ? Parce que, moi, j'ai rencontré Rossetti et le moins que l'on puisse dire c'est que ce n'est certainement pas sur ce genre de cheval qu'on peut parier sa paye… Non, vraiment, qui pourrait se laisser abuser par un type aussi minable ? Vous me l'aviez dit : « Ni dangereux, ni important », eh bien, je l'ai vérifié, vous aviez raison. Il n'est effectivement ni dangereux, ni important mais le projet de zone commerciale existe quand même ; ça, vous ne pouvez le contester lui dit Casset. Alors ? Qui ? Pourquoi ? Comment ? A quel prix ?

Kennedy s'attendait à un deal de ce genre. Il n'hésita pas à partager avec Casset les informations qu'il avait pu réunir sur le sujet. Effectivement, comme il avait déjà eu l'occasion de le lui dire, il y avait bien des projets de ce type sur le territoire de Sainte-Solèsne des Vignes. Le plus sérieux et le plus avancé était celui qui était faussement piloté par le fameux Bertrand Rossetti. Selon le journaliste, il ne dirige rien ; tout au plus un agent de renseignements pour Vitagros, le groupe de distribution qui souhaite s'implanter sur ces terrains. Un agent infiltré puisqu'il est au Conseil municipal. Le problème, expliqua-t-il, c'est « du terrain plat à proximité d'une agglomération ». Or, à Valréas, des terrains suffisamment grands, il n'y en a plus.

Vitagros s'est donc tourné vers les villages alentour, expliqua-t-il. Sainte-Solèsne des Vignes est le village le plus proche de Valréas, il est situé sur une plaine alluviale, donc parfaitement plane et stable. « Comme je vous l'avais dit, leur projet implique une emprise foncière au sol considérable avec un hypermarché, une galerie commerciale et des entrepôts de stockage pour toute la région. Il faudra exproprier. Le seul problème, c'est que tous les terrains sont cultivés. C'est un projet qui est évoqué depuis des années ». Kennedy poursuivit en expliquant qu'Espérendieu, le maire actuel a été élu à la tête d'une liste d'intérêt communal qui devait surtout ne rien décider.

A Sainte-Solèsne des Vignes, ceux qui sont ouvertement hostiles à ce projet sont presque aussi nombreux que les partisans de la zone commerciale, selon Kennedy. Rien n'est simple : certains sont désireux de vendre leurs terrains pour en retirer du cash, d'autres au contraire veulent conserver leurs domaines pour continuer à exploiter leurs vignes. Il y a aussi ceux qui ne seront pas concernés mais qui voient ce projet d'un bon œil car ils espèrent quand même que leurs propriétés seront mieux valorisées et enfin ceux qui refusent obstinément cette création qui va totalement défigurer le village et en faire une sorte de banlieue de Valréas avec tout ce qu'on peut craindre à ce titre. « Quand je vous en ai parlé la première fois j'ai employé l'expression *sac de nœuds*, aujourd'hui, je n'en vois vraiment pas d'autre pour décrire cet imbroglio, concéda Kennedy. »

- Je vois, l'interrompit Casset. J'aimerais aussi que vous me parliez de Tony Brochenille.

Kennedy avoua qu'il ne le connaissait pas personnellement. Il reconnut s'être « un peu renseigné » sur lui et sur la famille Balducci depuis leur première conversation après la mort si étrange de Louisette Balducci.

Selon Kennedy, l'alliance de ces deux familles, les Brochenille et les Balducci, c'était un peu l'eau et le feu. Une famille implantée depuis des siècles à Sainte-Solèsne des Vignes, les Brochenille : un vaste domaine exploité sans génie mais avec une constance peu commune. Et, en face, cette famille qu'on désigne encore comme des Piémontais : les Balducci. En fait, leur arrivée dans la région doit sans doute remonter au XIXe siècle, lui confia Kennedy. « Vous voyez ce que je vous disais, quand on n'est pas d'ici, jamais ils ne vous accepteront. Et ça se vérifie pour les Balducci qui sont ici depuis quatre ou cinq générations ; on dit encore qu'ils sont Piémontais ! »

Le dernier Balducci, le père de Louisette était un tyran. Nul ne sait plus comment ni pourquoi il parvint à épouser une fille Brochenille. La sanction de cette union aussi peu glorieuse pour les Brochenille fut une dot réduite au minimum, quelques malheureux hectares de mauvaises terres mal exposées, tout juste de quoi servir de territoire à une poignée de lièvres et de lapins.

Kennedy expliqua que le vieux Balducci était travailleur, c'est vrai, le père de Louisette était viticulteur, « comme tout le monde ici ». A l'origine, une belle propriété de trente hectares au moins, plus les vignes qu'il tenait en fermage. Mais c'était surtout un « faiseur ». Il avait en lui le génie de l'argent. Toujours à l'affût, c'est lui qui se portait acquéreur de toutes les terres qui venaient à être en vente dans la région. Puis, il faisait appel à Maître Bistagne, le père, puis le fils, pour reconfigurer ses propriétés. Il était un des seuls à maîtriser les règles du remembrement rural dans les années soixante. C'est ainsi qu'il est parvenu à constituer un domaine d'au moins soixante hectares de bonnes terres entièrement exploitées.

- Vous ne le savez peut-être pas mais ici ce ne sont pas des grands crus, pas d'appellations prestigieuses. On ne produit que des « vins de soif », comme on dit, pas des « vins de garde ». Ce sont des vins qui se boivent rapidement, dans l'année, on ne les garde pas longtemps. Leurs prix sont bien inférieurs à ceux des grands crus. Mais, bien travaillées, ici on dit bien menées, ces terres peuvent quand même rapporter gros. C'était le cas des vignes de Balducci, du vieux Balducci.

Son bonheur, c'était s'enrichir, dit encore Kennedy. Son malheur, c'était sa fille. Non pas qu'il ne l'ait pas aimée, au contraire ! Elle est née apparemment dans des conditions difficiles. « On avait sans doute tardé à appeler le médecin, allez savoir... Elle en a conservé des séquelles. Elle ne pouvait pas marcher normalement. Et, comment dire ? Elle n'était pas vraiment dans notre monde. Un peu simple, pas vraiment préparée à la dureté de notre société. C'est pour ça que le vieux Balducci a eu l'idée de la marier à son ouvrier, le fameux Miroslav. On ne sait pas trop comment il l'avait recruté. Tout ce qu'on sait de lui, c'est qu'il avait fait « la Légion ». Bien bâti, travailleur, courageux et un peu sommaire : rien ne lui faisait peur. Balducci l'a outrageusement exploité. Douze à quinze heures tous les jours, dimanche compris ». Mais ici, selon Kennedy, chacun fait ce qu'il veut. Les autres le jalousaient. Ils le jalousaient seulement d'avoir trouvé la bonne poire qui trimait comme un fou pour un salaire de misère.

Même ici, expliqua Kennedy, alors qu'ils sont loin d'être socialistes et soucieux du sort de leurs employés, certains viticulteurs étaient choqués de la façon dont il l'exploitait. « Et puis, le temps faisant son œuvre, Balducci se rendait bien compte qu'il ne serait pas éternel et qu'il lui fallait protéger sa fille pour conserver le patrimoine familial. Un jour, Balducci a décidé, oui, décidé de marier sa fille avec Miroslav. C'est lui qui organisa tout. Juste à côté de sa ferme, il avait fait bâtir un hangar pour y entreposer ses engins agricoles. Il fit construire sur son toit un appartement pour les jeunes époux. Il liait un peu plus son ouvrier à la propriété ». Et Kennedy poursuivit :

- Personne n'a rien dit. C'est lui qui décidait. Comme je vous l'avais dit, quand le vieux Balducci est mort, Miroslav a soudainement pris conscience de sa situation ; je suppose qu'une fille lui avait un peu soufflé ce qu'il devait penser… Donc, le couple divorce et Louisette se trouve sans ressource puisque son père et sa mère étaient morts depuis quelques mois déjà. Elle se tourne alors vers sa famille maternelle, les Brochenille.

Selon Kennedy, c'est là que Tony Brochenille apparaît, c'est son jeune cousin ; elle l'adore et lui, il la considère un peu comme une deuxième mère. « Le Tony, c'est un travailleur aussi. Il « tient » comme on le dit ici au moins cent cinquante hectares et cela presque seul, hormis durant les vendanges. Il prend en fermage les terres de Louisette Balducci. C'est donc lui qui lui donne ses revenus ». Seul enfant des Brochenille et seul héritier de Louisette Balducci, c'est à l'évidence un beau parti. Son problème, c'est qu'il passe son temps sur son tracteur. Vaguement fiancé, il n'a jamais pris le temps de se marier.

Depuis quelque temps, selon Kennedy, tout le monde avait quand même remarqué qu'il prenait plus d'assurance alors qu'auparavant son assiduité au travail de la terre ressemblait plus à un refuge qu'à une vocation. Il mûrissait sans doute. C'est ce que les gens pensaient de son évolution. Il était quand même toujours très proche de sa cousine. En fait, elle dépendait totalement de lui pour ses revenus...

- Et sur cette question de la zone commerciale ? Quelle est sa position ? demanda Casset.

Kennedy savait que certaines des terres de Tony Brochenille allaient être concernées. Le détail, il ne le connaissait pas. Les terres de Louisette Balducci ? Peut-être aussi... Pour le reste, Tony Brochenille ne s'était jamais fait remarquer. Bon fils, bon citoyen, conseiller municipal, il s'occupait de ses parents et de sa cousine. Il est travailleur, trop sans doute. Chasseur, un peu, comme tout le monde à Sainte-Solèsne des Vignes.

- Et Espérendieu, le maire ? demanda alors Casset.
- Il s'est effectivement fait élire en ne s'engageant pas sur ce projet de création de la zone commerciale. Il se voit un peu comme le père de ceux qu'il se plaît à appeler « ses administrés ». Il dit qu'il ne permettra à ce projet de voir le jour et peut-être de sauver l'avenir du village de Sainte-Solèsne des Vignes qu'à la condition que la majorité le lui demande. Mais dans son action, il faut avouer qu'on n'a jamais perçu une réelle volonté en ce sens. Il semble plutôt naviguer à vue. En fait, il a bien été choisi pour ça : ne déranger personne, ne pas prendre parti en attendant que les choses se mettent en place. Du reste, son équipe comporte aussi bien des adversaires que des partisans du projet comme Bertrand Rossetti. Donc, c'est vrai,

Espérendieu est une girouette, oui mais ce n'est pas elle qui tourne, c'est le vent qui tourne ! rappela Kennedy. C'est un homme politique français qui disait ça.

- Les intérêts financiers sont-ils si importants ? demanda Casset.

- Bien sûr. Vous n'imaginez pas les sommes qui sont en jeu… Il n'y a pas que le prix d'acquisition des terres, il y a aussi en perspective les taxes revenant à la municipalité et les emplois. C'est colossal ; ça a vraiment de quoi faire tourner les têtes. Mais, d'un autre côté, c'est aussi la fin de certains domaines, de leur rentabilité. Tout dépendra en fait du découpage des terres, de l'impact que ça pourra avoir sur certaines exploitations par rapport à certaines autres. Vous ne m'interrogez pas sur Miroslav, s'enquit Kennedy.

- Non, apparemment il n'a rien à voir là-dedans. Il était chaudement hébergé par la République depuis quelques semaines.

Casset avait gardé pour la fin de leur entretien ses questions sur la sémillante Marie Fourrasse. Un sourire illumina immédiatement le visage de Kennedy. « Ah ! Un vrai personnage, celle-là » dit-il en rassemblant ses idées sur le sujet. « Comment dire ? Un caractère… Oui, un vrai caractère. » selon lui. Son avis rejoignait ainsi le ressenti de Casset.

Selon Kennedy, elle s'était installée à Sainte-Solèsne des Vignes depuis une dizaine d'années tout au plus. Divorcée du propriétaire d'un groupe de presse parisien, elle s'était retrouvée à la tête d'un beau pécule. C'est ainsi qu'elle avait fait l'acquisition de son domaine situé au centre de la commune et dont dépendaient d'importantes terres. Elle semblait avoir hébergé durant plusieurs années une sorte de secte, les Proto-Chrétiens. Selon les plus indulgents, ils entendaient diffuser une espèce de mélange de plusieurs religions, une sorte de syncrétisme douteux ; le tout mêlé de cultures bio et de médecine douce.

Toujours selon Kennedy, le mot doux est utilisé un peu à toutes les sauces. Marie Fourrasse est ainsi une adepte du vélo, un mode de transport « doux », ce qui est une véritable hérésie pour les indigènes de Valréas où la voiture est encore le seul moyen de locomotion digne d'un adulte. Alors, de la douceur dans le transport à la douceur en médecine pourquoi ne pas en arriver à la douceur des drogues ; c'était aussi un bruit qui courait.

Selon les moins indulgents, qui étaient loin de voir de la douceur dans son comportement, elle avait honteusement exploité certains de ses adeptes en leur demandant de procéder à la rénovation de la vieille usine, le bâtiment principal, situé derrière la maison de maître qu'elle occupait. Ils avaient commencé à transformer les ateliers en logements. En effet, celui qui avait fait bâtir cette folie était cependant loin d'être fou puisqu'il avait fait également construire une usine à quelques pas de sa demeure ; le traitement de la soie était confié à de très jeunes filles, souvent orphelines, mais parfois simplement « surnuméraires » dans des familles trop pauvres pour nourrir toutes les bouches.

Ce bâtiment industriel était passablement délabré tout comme la maison de maître. Elle leur promettait qu'ils pourraient y demeurer mais dès qu'une nouvelle chambre était achevée, elle leur demandait d'autres travaux. Elle ne payait que les matériaux. Kennedy poursuivit : « Pour leur travail, les pauvres types qui intervenaient n'avaient que le droit de rester sur place. Petit à petit, ils se sont lassés. Elle a même flanqué à la porte les deux derniers adeptes. Il semble qu'elle aurait en fait l'intention de poursuivre les transformations et d'ouvrir un hôtel avec centre de congrès. Et ça pourrait marcher. L'accès est pour l'instant mal aisé. Mais si on regarde bien, le bâtiment transformé est situé juste derrière la mairie et la maison de Louisette Balducci. En plein centre du village donc et malgré tout très au calme. Non, c'est un très bel emplacement ».

Kennedy gardait lui aussi le meilleur pour la fin. Après avoir laissé son regard se perdre sur les affiches couvrant les murs de la salle de restaurant, il revint au résultat de ses recherches. « *Une bien bonne*, comme on dit en France… Mais je ne sais pas si ça peut vous intéresser… » laissa-t-il tomber. Il avait appris, mais sous le sceau de la confidence que Tony Brochenille aurait une liaison avec Marie Fourrasse depuis quelques mois. Le secret est cependant bien gardé. Cela expliquerait ce fameux mariage toujours repoussé avec une fille de Valréas dont plus personne ne sait si elle existe vraiment. Kennedy savait que Tony Brochenille exploitait aussi les vignes de Marie Fourrasse mais de là à… Il y avait quand même au moins vingt ans d'écart entre la belle parisienne et le petit paysan. Selon lui, ses talents de manipulatrice et d'autres talents moins visibles avaient dû séduire Brochenille.

Casset dut alors payer son écot au journaliste en contrepartie des renseignements qu'il venait une nouvelle fois de lui fournir. « Oui, au fait, c'est bien un assassinat. Une balle du type de celles qu'on emploie pour les sangliers. Tout le reste, l'incendie, les liens, tout ça, c'est de la mise en scène. Mais je vous demande de ne rien révéler dans votre canard. Simplement vous pourrez vous tromper un peu moins que vos confrères… C'était notre accord, rappelez-vous. » Kennedy acquiesça. Avait-il le choix s'il souhaitait poursuivre cette collaboration discrète mais féconde ?

Ils se séparèrent sur ces paroles.

> *11ème station – Arrivés au lieu dit « le crâne », ils l'y crucifièrent ainsi que deux malfaiteurs, l'un à droite, et l'autre à gauche. Jésus disait : « Père, pardonne-leur car ils ne savent pas ce qu'ils font. » (Luc 23-33)*

11

Sainte-Solèsne des Vignes, samedi 8 novembre

Le samedi n'apportait aucun regain d'activité dans le village. Lorsque Casset poussa la porte de la mairie, le simple fait de voir une silhouette humaine dans l'encadrement de la porte glaça d'effroi la secrétaire.

- Ah mais c'est qu'monsieur l'maire il est encore pas là ! Moi j's'rais d'vous c'est à la ferme qu'j'irais.

Son accent qui était en fait un mélange d'accent alsacien et jurassien, le même pour les deux sœurs, devait être une curiosité pour les autochtones. Mais alors qu'elle avait à peine fini sa phrase, le maire, Jacques Espérendieu, poussait à son tour la porte de la mairie.

- Oh ! Inspecteur Casset, c'est une chance lui lança-t-il, je ne devais pas passer à la mairie ce matin mais j'avais oublié de signer un document. Que puis-je pour vous ? Venez, suivez-moi dans le bureau du maire. Le maire, c'est moi après tout, hein… dit-il en plaisantant.

Casset le détrompa, non pas sur sa légitimité en qualité de maire, mais sur le but de sa visite. Ce n'était pas lui qu'il venait voir. Il voulait surtout jeter un coup d'œil dans la salle du Conseil municipal, celle qui donnait sur l'arrière de la mairie et d'où l'on pouvait voir l'arrière de la maison de Louisette Balducci. Espérendieu s'empressa de l'y conduire, trop heureux de faire les honneurs des lieux à un visiteur de marque.

Dès qu'ils furent entrés dans la salle du Conseil municipal, Espérendieu prit le bras de Casset, comme pour lui demander une faveur. « Oh ! Vous m'avez mis une sacrée branlée l'autre jour » lui dit-il tout de go. Casset semblait ne pas comprendre le propos du maire qui précisa : « Mais si, quand vous m'avez balancé comme ça que vous pouviez boucler l'enquête en 5 minutes… Mais c'est vous qui aviez raison. Je ne vous en veux pas ».

Puis, Espérendieu se lança dans un exposé un peu fumeux au terme duquel on était en terre de rugby ou même, plus rare, de moto-ball, une sorte de football pratiqué sur un terrain plat par deux équipes de six joueurs montés sur des motos pétaradantes et que donc, on aimait bien la confrontation et que se frictionner entre hommes n'a jamais empêché le respect et qu'en conséquence, il laissait toute liberté à l'inspecteur pour mener son enquête. Espérendieu semblait désireux d'aider l'enquêteur bien que ses digressions sur l'esprit sportif aient eu le don d'exaspérer Casset.

Enfin parvenu à faire taire le maire dans ses envolées lyriques à propos du championnat de moto-ball qui ne comporte du reste que quatre équipes en France, il put apercevoir, depuis les deux fenêtres de la salle du Conseil municipal, le jardin de la maison voisine de la mairie et, en se penchant un peu, la façade arrière de la maison de Louisette Balducci.

- Et ce bâtiment, celui qui est situé un peu en contrebas ? demanda Casset.

- Ça ? Mais c'est l'ancienne magnanerie. C'est la propriété de Madame Fourrasse. La maison de maître, celle dans laquelle elle habite, elle est située juste derrière ce grand bâtiment. Enfin, devant, devant ou derrière, ça dépend dans quel sens on regarde. Actuellement son accès est situé de l'autre côté, il faut donc sortir du village pour y accéder mais l'arrière de la propriété est ici, juste sous les fenêtres de la mairie et de la maison de cette pauvre Louisette. Incroyable, hein ? Quand on y est, on ne pourrait pas croire qu'on est en fait en plein centre de Sainte-Solèsne des Vignes. C'est juste derrière la mairie mais c'est vrai que l'accès est un peu compliqué... Sauf depuis le jardin de Louisette, un passage bien pratique et discret peut-être utilisé parfois, compléta-t-il malicieusement.

Casset en conclut qu'Espérendieu, lui aussi, savait...

Constatant que le maire semblait bien disposé, l'inspecteur orienta la conversation vers le conflit opposant les deux coopératives.

- Et vous Monsieur le Maire, vous êtes plutôt « rouge » ou « bleu ». Vous dépendez de laquelle de ces deux coopératives ?

- Ah... On vous a parlé de ça. Je ne sais pas si vous allez me croire mais je peux vous assurer que ça relève plus du folklore que de la réalité.

Espérendieu semblait sincère dans ses propos. Il ne niait pas cette « Guerre des deux roses » dans les vignobles de Sainte-Solèsne des Vignes mais selon lui cette situation née d'un passé vieux de plus de soixante-dix ans n'avait plus guère d'importance. Evidemment, à l'origine, il y avait bien une opposition entre ceux qui avaient plutôt résisté et ceux qui avaient plutôt collaboré mais selon lui, aucun des deux camps ne pouvait être spécialement fier ou honteux : « Pas de héros, pas de salauds ! ».

Il reconnut que les grandes propriétés étaient effectivement regroupées dans la même coopérative mais, selon lui, les méthodes de gestion étaient désormais les mêmes pour les « rouges » comme pour les « bleus » dit-il en reprenant l'expression utilisée par Casset. La preuve, selon lui, les deux coopératives avaient le même expert-comptable, « ce qui prouve bien qu'il n'y a aucun secret honteux ni d'un côté ni de l'autre », conclut-il.

- Non, le vrai problème pour nous, après celui de l'eau, c'est la mévente du vin. Ici, en France, les gens boivent de moins en moins de vin. Si, si, je vous l'assure. Et puis, il y a le problème des cours. Quand on produit beaucoup, les prix s'effondrent et quand on produit moins à cause de la météo par exemple, eh bien les cours ne remontent pas. On se fait avoir ! Et là, sur cette question, ils seront tous d'accord. C'est bien pour ça que certains ont proposé le projet de zone commerciale. Entre nous, je ne vois pas comment notre village peut s'en sortir autrement. C'est une opportunité. Mais allez faire comprendre ça à tout le monde. Il y aura toujours des mécontents. On m'accuse de tout alors que je suis un des seuls à ne pas être du tout concerné. Franchement, à moi, ça ne rapportera rien, ni si on la fait, ni si on la fait pas ! Tout changer pour que rien ne change… Allez leur faire comprendre ça !

Et, curieusement, Espérendieu crut alors utile de clore la conversation par une maxime bien sentie. « Les chameaux aboient mais la caravane passe, comme on dit... »

- Non, les chiens...
- Oh oui, ce sont des chiens ! opina sentencieusement Espérendieu.
- Non, je vous dis que dans le proverbe, ce sont des chiens qui aboient, dut préciser Casset.
- Oui, si vous voulez. Enfin, quoi, il faut quand même faire quelque chose si on veut que le village s'en sorte. Mais, allez faire comprendre ça à ces bourricots !

Cependant, toutes ces querelles lui semblaient bien dérisoires face à la mort de Louisette Balducci. Il chercha à s'enquérir des progrès de l'enquête. Il le fit avec tact cette fois tant il avait été vexé de se faire envoyer sur les roses lors de sa prise de contact avec Casset. Hélas pour lui, il n'obtint pas davantage de résultats pour sa deuxième tentative bien que l'inspecteur se montrât pour une fois plus diplomate.

- Monsieur le Maire, je ne vais pas vous gêner plus longtemps. Je vous laisse à vos chers administrés.
- Oh, mais toujours à votre disposition lui répondit Espérendieu.

Le curieux mélange d'impressions que le maire laissait à Casset l'intriguait profondément. Comment un type qui cite la maxime essentielle du *Guépard* de Lampedusa, sans même s'en rendre compte, peut-il jouer aussi bien l'imbécile de service ? Espérendieu semblait aussi avoir deviné la liaison de Brochenille avec Marie Fourrasse et pourtant il n'en disait rien. Tout au plus avait-il donné un semblant d'indication pouvant laisser penser qu'il savait... Tout cela révélait une finesse d'esprit qu'il tentait habituellement de dissimuler sous des dehors un peu lourds.

C'est tourmenté par ces impressions nuancées et incertaines sur le maire du village que Casset se rendit au domicile de Louisette Balducci. Il n'eut que quelques mètres à faire pour se rendre dans la « maison du drame » comme il l'avait malencontreusement appelée devant le gendarme Jacquet sans que celui-ci n'y décerne l'ombre de l'ironie.

Les lieux n'avaient pas changé. L'odeur de bois brûlé et d'essence demeurait aussi vivace que la veille. Casset se rendit immédiatement dans la seule pièce atteinte par les flammes. La même bouillie de cendres, de vieux papiers et d'essence couvrait encore le sol carrelé de larges dalles blanches. L'endroit où le corps de la victime avait été retrouvé se devinait facilement ; les traces laissées sur le sol lorsque l'adjudant Meynier avait ordonné de le retirer permettaient de le situer avec exactitude.

C'est en examinant le sol que Casset buta sur une sorte de petit monticule. Il se baissa pour mieux le voir. Il était constitué de cire, la cire d'une bougie. Un morceau de la mèche était même encore visible. Un mécanisme retardateur de mise à feu. L'inspecteur connaissait ce système, une sorte de bricolage plutôt efficace ; il suffit de planter une bougie dans une flaque d'essence puis de l'allumer et d'attendre que celle-ci brûle jusqu'à atteindre l'essence qui s'embrase ; l'effet retardant dure environ une heure, le temps pour la bougie de se consumer. Décidément, l'assassin usait de toutes les ficelles connues.

Un commencement de quelque chose ressemblant à un début de certitude pointait dans l'esprit de Casset. On lui avait toujours appris à se méfier des intuitions lors des débuts d'enquête. L'expérience lui avait aussi enseigné que les intuitions, après avoir éliminé les hypothèses envisageables, menaient souvent à la vérité. Et à ce moment-là de son enquête, Casset avait une intuition.

De retour à la gendarmerie de Valréas, il s'enferma dans le bureau pourtant sacré du chef de poste et demanda à Jacquet de gérer les affaires courantes sans lui. Il avait besoin de quelques heures… pour réfléchir. Le mot laissa Jacquet perplexe. Casset, muni de tous les procès-verbaux du dossier de la mort suspecte de Louisette Balducci disparut donc pendant quelques heures.

Sa soudaine retraite, loin d'apporter une sérénité retrouvée à la brigade de Valréas, la plongea, au contraire, dans une sorte de malaise inexplicable ; un peu comme si la présence, pourtant de fraîche date, de cet inspecteur parisien avait structuré la petite équipe de gendarmes désormais privée d'un vrai leader. Sans le vouloir, mais justement peut-être parce qu'il ne le recherchait pas, Casset remplissait ce rôle. Même son ton parfois cassant, l'ironie qu'il pratiquait sans s'en rendre compte, ses silences prolongés, tout cela le rendait si différent de ce qu'ils avaient connu auparavant que cela ne pouvait que les séduire. Ses silences devenaient de véritables déclarations dans leur esprit, certes pas très claires mais si lourdes de sens !

Ce sentiment, partagé par cette communauté, les incita à un respect presque religieux de la retraite de Casset. Toute la paperasse habituelle fut expédiée avec une sorte de méticulosité surtout désireuse de ne pas troubler une réflexion que l'on devinait profonde et un peu mystérieuse. On chuchotait plus qu'on ne parlait. On traitait rapidement les demandes des importuns qui venaient déposer une plainte ou apporter un témoignage pourtant sollicité par la brigade elle-même. Les lourdes plaisanteries habituelles furent tout à coup proscrites sans même qu'aucune directive ne vint les interdire. Tous s'accordaient à s'inscrire dans un temps de réflexion collective à seule fin de soutenir l'effort de celui qui se dévouait à cet exercice, il est vrai peu commun dans une gendarmerie.

La claustration de Casset ne fut rompue qu'à une seule reprise. Lorsque Jacquet sortit du bureau occupé par l'inspecteur Casset, tous les gendarmes présents tournèrent leurs regards vers leur collègue. Ils espéraient en tirer au moins une bribe d'information sur l'état des réflexions de l'inspecteur. « Il a étalé tous les procès-verbaux par terre et il demande un plan du village de Sainte-Solèsne des Vignes », ce fut tout ce qu'ils purent tirer de leur chef qui semblait tout aussi démuni qu'eux et surtout bien incapable de comprendre la « méthode Casset ».

- Il a aussi demandé une bière et un sandwich, dit-il, un peu coupable d'avoir placé au second rang un besoin physiologique aussi universel.
- Comme le commissaire Maigret ? tenta de plaisanter un jeune gendarme.
- …

Cette saillie n'eut pas l'effet escompté. Une réprobation unanime vint remettre à sa place ce subordonné si peu respectueux. Ce fut donc lui qui fut chargé de procurer ce viatique ; une sanction à visée pédagogique en quelque sorte : on ne plaisante pas avec une enquête en cours !

Par contre, pour le plan de Sainte-Solèsne, on s'aperçut alors que cette commune, pourtant charmante, ne draine sans doute que peu de touristes et qu'en conséquence la mairie n'avait pas jugé utile d'éditer un plan. Il fallut donc envoyer un gendarme prendre une copie du plan cadastral le plus complet à la mairie de Sainte-Solèsne des Vignes. Il en revint rapidement, sirène hurlante, et put remettre le précieux document à Jacquet qui n'aurait laissé à personne d'autre le privilège de le déposer devant l'inspecteur parisien.

Ce n'est que vers dix-sept heures, le même jour, que Casset sortit de son exil. Il apparut au seuil du bureau du chef de la brigade, une affiche à la main. En fait, deux feuilles de modèle A3 scotchées l'une à l'autre. Elles étaient couvertes d'inscriptions reliées entre elles par des flèches ; chacun de ceux qui pouvaient l'apercevoir tentait d'en comprendre le sens. Casset, visiblement épuisé ne cherchait pas à leur cacher le résultat de ses réflexions.

Il demanda simplement à Jacquet de battre le rappel de ses troupes pour un point d'étape. Les jeunes gendarmes ne se firent pas prier pour y assister ; ils auraient enfin quelque chose à raconter ce soir à leurs épouses !

Casset leur confia tout d'abord qu'il avait eu une sorte de pressentiment. Tony Brochenille qu'il n'avait pourtant pas encore rencontré n'était sans doute pas étranger à la mort de sa cousine. Comment et pourquoi ? Il n'en avait pour l'instant encore aucune idée. Il n'y avait aucun indice matériel, pas d'aveux, pas de témoins.

Il leur confia s'être donc attelé à un travail de recoupement : les emplois du temps de tous les suspects éventuels avaient été relevés et rapportés dans des procès-verbaux. Même ceux des absents comme Bertrand Rossetti avaient été vérifiés. Les recoupements jusque-là effectués n'avaient rien donné. Aucune piste sérieuse n'en résultait. Tous avaient un alibi à l'heure du décès de Louisette Balducci.

Les hommes de la brigade lui confirmèrent que l'enquête de voisinage n'apportait rien : personne autour de la maison de Louisette Balducci ne savait quoi que ce soit, les voisins n'avaient rien vu ou entendu.

Mais, ce qui changeait toute la donne de cette enquête, ainsi que Casset les en informa, c'est le fait que le départ de l'incendie de la maison avait été retardé par un système de mise à feu aussi vieux que le crime ou le mensonge : une bougie allumée dans une flaque d'essence répandue sur le sol. L'incendie ne se déclenche que lorsque la flamme descend suffisamment bas pour enflammer le combustible. On peut raisonnablement tabler sur une durée d'une heure de battement, le temps qu'il faut pour que la bougie se consume. L'assassin peut donc se trouver à des kilomètres lorsque l'incendie se déclare une heure après la mise à feu. Dès lors, l'examen et l'analyse des emplois du temps de tous les suspects devaient être revus à la lumière de cet élément nouveau.

Même chose pour le silencieux qui avait équipé l'arme utilisée pour tuer Louisette Balducci. Un simple tuyau de plastique. Pas très efficace mais suffisamment pour atténuer le bruit d'une détonation d'arme de chasse et la rendre inaudible à l'extérieur de la maison.

Casset s'appesantit aussi sur le cas du chien de Louisette Balducci, c'était en fait son unique indice, un indice « immatériel » mais un indice totalement objectif puisqu'il résulte du comportement d'un animal. Le maire avait expliqué qu'il avait dû confier le cabot à Tony Brochenille tant ses hurlements incommodaient le voisinage ; apparemment, il n'y avait que Louisette Balducci et Tony Brochenille qui trouvaient grâce aux yeux de ce chien. Or, personne n'avait entendu ses aboiements dans les heures qui avaient précédé l'incendie de la maison de Louisette Balducci. Donc, soit personne n'était venu ce jour-là pour rendre visite à son occupante et c'est donc elle qui s'était tiré une balle dans la poitrine avec un fusil de chasse qu'elle avait ensuite fait disparaître puis s'était attaché les mains et les pieds avant de mettre le feu à son domicile… soit c'était une personne tolérée par le chien qui avait pénétré dans la maison afin de supprimer son occupante. Et une seule personne, hormis Louisette, est susceptible de correspondre à ce critère, Tony Brochenille.

Même chose pour les alibis des différents suspects potentiels. Tous avaient un alibi solide si l'on se reportait une heure avant la découverte de l'incendie de la maison de Louisette Balducci, tous sauf Tony Brochenille ; il était seul dans ses vignes selon ses déclarations. Il avait par contre bien insisté lorsqu'il avait été interrogé sur le fait qu'il avait participé à la totalité du Conseil municipal et qu'il était en réunion depuis une demi-heure ou trois quarts d'heure lorsqu'un des conseillers avait entendu des aboiements de chien et perçu une odeur de bois brûlé ; ce qui leur avait permis de comprendre que la maison de sa cousine était la proie des flammes. Une explication, et surtout un alibi, sans pertinence selon Casset puisque la mise à feu était visiblement intervenue une heure avant que l'incendie ne soit découvert.

Il se tut un instant, les yeux un peu dans le vague, comme s'il redoutait soudain d'avoir proféré une accusation aussi grave. Il jeta un regard au diagramme qu'il tenait encore en main. Un fouillis de noms, de lieux, d'heures et de flèches reliant les uns et les autres.

Les gendarmes étaient figés tant ils avaient la certitude de vivre un moment important. Lorsque Casset posa enfin la double feuille sur laquelle il avait longuement travaillé, seul Jacquet se crut digne de la recueillir afin de la joindre au dossier. Tous gardaient le silence. Ce fut l'inspecteur lui-même qui dut le rompre. Il leur confia ainsi qu'il avait conscience du caractère scandaleux de son intuition et de ses déductions. Tout le monde vantait l'affection de Tony Brochenille pour sa cousine, Louisette Balducci. Il n'avait, en outre, aucun intérêt matériel pour l'inciter à la supprimer puisqu'il exploite d'ores et déjà son domaine dans des conditions financièrement inespérées. Du fait des inimitiés locales Louisette Balducci n'aurait jamais accepté de louer son domaine à un autre que son cousin. Et pourtant, tout convergeait vers lui dans l'esprit de l'inspecteur. Il ne cacha pas aux gendarmes réunis devant lui le douloureux mélange d'incertitude et d'intuition qui l'habitait.

- Voilà à peu près où j'en suis. La logique pure : Tony Brochenille est le seul à ne pas pouvoir faire état d'un alibi une heure avant la découverte de l'incendie. C'est donc lui le principal suspect, j'allais dire le seul suspect. Mais sans preuve, sans témoins et sans aveux, les intuitions d'un petit flic ne pèsent pas bien lourd. Je risque plus que ma petite réputation.

- On pourrait le cuisiner, tenta un jeune gendarme.

Il fut immédiatement foudroyé du regard par Jacquet. Avant même qu'une réprimande ne vint couronner cet acte d'insoumission, Casset vola à son secours.

- On pourrait effectivement… Mais… Mais, d'abord, je ne le ferai pas moi-même et, dans une enquête, j'ai horreur de déléguer certaines choses et, hormis si la vie de centaines de personnes en dépendait, je ne crois pas que ce soit la bonne méthode. Mais surtout, ici, les gens ont plutôt la tête dure et je ne suis pas certain que ce soit efficace. Et puis, il est toujours délicat d'accuser un proche de la victime qui n'avait apparemment aucun intérêt à la mort de sa cousine. Tout devait lui revenir, c'est lui qui assurait sa subsistance ; de plus, il n'a pas de soucis d'argent. Après l'échec du début de l'enquête on ne peut se permettre un tel luxe. Et je doute que le Procureur apprécie une telle initiative dans ce dossier.

Puis Casset se tut. Le regard de l'inspecteur allait de l'un à l'autre des gendarmes. En terre de gendarmerie, le silence du chef est sacré. Personne n'osait le rompre. Même les raclements de gorge ou les frottements de pieds sur le sol se faisaient plus discrets. Une vague réminiscence de sentiment scolaire s'empara des gendarmes : l'inquiétude des élèves lorsque l'instituteur cherche qui va être interrogé. Face au mutisme soudain de l'enquêteur, ils avaient tous la crainte d'être mis sur le gril à cause d'un oubli ou d'une erreur.

- Je sais ! Je sais ce qu'on va faire, dit soudain Casset.

Loin de s'expliquer, il donna simplement l'ordre à Jacquet d'envoyer un de ses hommes faire des courses. « Des courses ? Mais pour qui ? Et quoi ? » demanda Jacquet.

- Mais, c'est que nous allons recevoir. La gendarmerie de Valréas va recevoir. Dans le cadre de sa nouvelle politique, la gendarmerie a des attentions pour les victimes et leurs familles. Elle tient la famille informée de l'avancée de l'enquête. Donc, nous n'allons pas convoquer Tony Brochenille, vous allez l'inviter à venir ici pour l'informer des développements de vos investigations. On ne va pas le traiter comme au restaurant mais quand même, des jus de fruits, du thé, du café, des petits gâteaux…

- Comme un goûter quoi… hein ? répondit Jacquet. Je fais prendre des bouteilles familiales, c'est plus économique. Mais… à quoi ça va servir puisqu'on n'a toujours pas de preuve. Qu'est-ce que c'est cette invitation ?

- Un coup de pute ! lui rétorqua Casset. Un vrai coup de pute…

L'expression intrigua Jacquet. Non qu'il ne la comprît pas ou ne la connût pas. Elle lui semblait déplacée dans la bouche d'un inspecteur parisien d'habitude si bien élevé. Cependant, respectueux de la hiérarchie, fût-elle hors gendarmerie, il se contenta d'obéir et il envoya deux de ses hommes faire les courses commandées par l'inspecteur Casset.

> *12ème station - Alors le voile du sanctuaire se déchira par le milieu ; Jésus poussa un cri ; il dit : « Père, entre tes mains, je remets mon esprit. » Et, sur ces mots il expira. (Luc 23, 45)*

12

Gendarmerie de Valréas, lundi 10 novembre

« On va leur faire du théâtre. J'ai obtenu l'accord du Procureur pour ce qu'on va leur jouer » expliqua Casset. Il détailla alors son plan de bataille au gendarme Jacquet. « Ce sera une sorte de supplice chinois. On va faire alterner les moments d'angoisse et les moments de réconfort ». De l'inquiétude liée à une comparution dans une gendarmerie, il fallait amener Brochenille et Marie Fourrasse à un sentiment d'impunité.

Il fut convenu que Tony Brochenille devait se sentir en sécurité à l'idée de sa venue à la gendarmerie. Plus qu'en sécurité même ; on pouvait le laisser aller jusqu'à un certain degré d'insolence. Il devait se sentir en position de force. Il était invité à la gendarmerie en qualité de proche parent de la victime. Le maréchal des logis Jacquet qui allait le prévenir devait donc être d'une extrême courtoisie. Ce qui le laissa perplexe mais il acquiesça sans protester.

Casset demanda aussi qu'on s'occupe de Marie Fourrasse le même jour. Pas comme un jeune gendarme l'avait suggéré. Il fallait qu'elle et Tony Brochenille ne puissent plus communiquer quelques heures avant l'arrivée de Brochenille à la gendarmerie. Casset suggéra que l'on convoque Marie Fourrasse deux heures avant l'invitation lancée à Tony Brochenille. « Ce que je veux, c'est juste que pour le jour de l'invitation que nous allons lancer, elle soit injoignable pendant quelques heures » précisa Casset.

Elle devait, elle aussi, se sentir en sécurité. On devait bien lui préciser qu'elle n'était convoquée que pour une simple formalité, la confirmation sur procès-verbal de l'entretien informel qu'elle avait eu avec Casset. Pendant qu'elle serait ainsi retenue, elle ne pourrait pas entrer en communication avec celui que Casset soupçonnait. C'était le seul but de sa venue à la gendarmerie.

Pour l'interrogatoire de Brochenille, l'inspecteur avait prévu de rester en retrait dans un premier temps. Il devait être « l'homme invisible » qui allait déclencher l'agressivité qu'il attendait. Le plus jeune gendarme, celui qui semblait le mieux maîtriser l'informatique de la gendarmerie fut désigné pour taper les procès-verbaux au fur et à mesure des déclarations de Brochenille, quitte à les multiplier. Casset voulait surtout procéder par étapes, et de façon insidieuse parvenir à ce qu'il appelait un effet de cliquet, c'est-à-dire un moment à partir duquel celui qui est interrogé ne peut plus faire machine arrière après avoir apposé sa signature sur un procès-verbal.

Casset ne devait intervenir qu'après les premières formalités. Son instruction la plus étrange fut de demander à être appelé par un gendarme afin d'avoir à sortir du bureau dans lequel Tony Brochenille allait être interrogé et cela après l'établissement et la signature du premier procès-verbal. Les gendarmes n'en comprirent que plus tard le sens et l'utilité.

Les hommes de Jacquet avaient consciencieusement préparé le « goûter ». Le maréchal des logis Jacquet se déplaça lui-même à la ferme Brochenille pour présenter ses condoléances personnelles aux parents de Tony puis, comme en confidence, demanda à Tony s'il accepterait de passer lundi à la gendarmerie à 17h00 pour lui faire part des progrès « relatifs » de l'enquête depuis l'arrivée d'un inspecteur parisien. Marie Fourrasse étant quant à elle conviée « pour une simple formalité » à la gendarmerie de Valréas à 15h00 le même jour.

Elle se présenta effectivement à l'heure prévue. Casset avait demandé qu'on la fasse un peu attendre. Il fallait que son entretien soit encore en cours lorsque Tony Brochenille serait entendu. Les gendarmes n'eurent aucun mal à faire durer la présence de Marie Fourrasse dans leur brigade. Entre un retard initial, un bug de l'ordinateur, un bourrage de l'imprimante et une scène d'anthologie entre les deux gendarmes délégués pour cette audition qui finirent par se prendre au jeu. Ils en arrivèrent à réellement se disputer, chacun accusant l'autre de ne pas savoir utiliser les ordinateurs de la brigade et être ainsi à l'origine des pannes successives de son informatique. Elle était encore dans les locaux à 17h00 lorsque Tony Brochenille pénétra dans la gendarmerie de Valréas.

Sa venue avait été fixée en fin d'après midi, l'heure à laquelle le jour commence à décliner, ce qui ne permet plus les travaux en extérieur. Il avait été prévu que Jacquet ne serait assisté que par un seul gendarme pour accueillir Brochenille, Casset devant rester à proximité mais dans l'attente du moment propice pour intervenir.

Casset l'avait prévu, Tony Brochenille fut cassant. Il s'étonna de ne pas rencontrer le fameux enquêteur parisien. Il se montra, si ce n'est agressif, mais au moins moqueur pour les talents de ce mystérieux « Sherlok

Holmes » de pacotille - un nom qu'il prononçait Shélokom - qu'il n'avait même pas encore vu.

Jacquet accomplit à merveille son rôle d'hôte institutionnel. Il se fit un devoir de rappeler le décret N°69-26 du 12 septembre - un décret imaginaire bien sûr - qui faisait désormais obligation aux services d'enquêtes de rendre compte aux victimes et à leurs ayants-droits des investigations en cours et de leurs résultats.

Chacune des phrases de Jacquet devait commencer par le rappel du fameux décret imaginaire N°69-26. Peu rompu à ce type d'exercice Jacquet se prit parfois les pieds dans le tapis ; le décret devenant ainsi 69-23 puis 69-29. Tony Brochenille n'y prit pas garde. Casset avait averti Jacquet, il fallait saouler Brochenille d'une référence qui devait finir par soulever sa colère contre une telle prétention de la part d'une administration aussi incompétente.

Légitimement révulsé par le discours totalement creux de Jacquet qui se contentait de rappeler les faits déjà connus de tous sans avancer quoique ce soit de nouveau, Tony Brochenille finit par exiger bruyamment la présence de ce parisien incapable et pourtant grassement payé par l'argent de ses impôts.

- Merde alors ! Putaing ! Il est où votre génie ? Nous, on se fait un cul comme ça et votre pédé de parisien, lui, il se les roule tranquille. Merde alors ! Putaing !… Et c'est pourquoi qu'on paye des impôts nous ? Pour des pédés comme ça ?

C'est le moment que Casset choisit pour entrer en scène par la porte de communication qui le séparait du bureau dans lequel Brochenille s'était installé. En fait, il était presque affalé même, tant sa posture était désinvolte, avachi sur la chaise qui lui avait été attribuée.

Casset n'avait fait que l'apercevoir furtivement lors de l'enterrement de Louisette Balducci. Un gros garçon d'une petite quarantaine d'années, plutôt râblé, boudiné dans ses vêtements. On ne savait si c'était le corps peu adapté aux vêtements ou si ceux-ci avaient été mal choisis par celui qui les portait. Ses cheveux châtains n'avaient pas rencontré un peigne depuis longtemps. Un aspect sommaire, voire même négligé jusqu'à ses mains, des mains de travailleur, certes, mais il était évident qu'elles n'utilisaient que rarement un savon. Il n'avait visiblement aucun souci de son apparence.

- Je suis là, intervint donc Casset en faisant son entrée. Je ne sais pas si le maréchal des logis Jacquet vous a informé du décret N° 69-26 qui…

- Oh ! ça va, ça fait quarante fois qu'on me casse les couilles avec votre machin du 69-34.

- Non, non, c'est 69-26, c'est bien 69-26, je tiens à le préciser, répliqua Casset en usant d'un ton faussement précieux.

Brochenille avait visiblement envie de bouffer ce petit Parisien prétentieux. Encore qu'à mieux le regarder, il n'était pas si mal bâti.

Casset ne surjoua pas son rôle. Il était effectivement en charge de l'enquête sur la mort de Louisette Balducci. Il dut reconnaître que si quelques erreurs malencontreuses avaient été commises au début de l'enquête, l'activité de la brigade de Valréas méritait les plus vives félicitations, chose qu'il se promettait bien de faire suivre à qui de droit.

Brochenille mangeait de façon compulsive les petits gâteaux aimablement fournis par la gendarmerie. Il goûtait. Il goûtait comme un enfant. Normal, il était environ 17h30.

Les nécessités de l'enquête ne s'arrêtaient jamais. Casset lui rappela que « le décret… non passons sur son numéro, fait obligation aux services d'enquête d'enregistrer les déclarations des victimes ou de leurs ayant-droits. On va donc dresser un procès-verbal, rassurez-vous ce sera rapide… »

Le jeune gendarme rompu au maniement de l'ordinateur tapait au fur et à mesure la substance des déclarations de Tony Brochenille. Il en ressortait que celui-ci, proche parent de Louisette Balducci assistait au Conseil municipal de la commune de Sainte-Solèsne des Vignes le 3 novembre lorsqu'il est apparu qu'un incendie ravageait la maison mitoyenne de la mairie. Les membres du Conseil municipal se mobilisèrent immédiatement pour alerter les services de secours. Il fut alors remarqué l'extrême émotion de Brochenille Antoine, dit Tony Brochenille qui pleurait abondamment.

- Normal, compléta Brochenille. Ma cousine était morte à l'intérieur de sa maison ! Tuée comme un chien ! Un coup de fusil en pleine poitrine. Vous croyez que ça incite à rigoler ?

Casset fit alors signer le procès-verbal par Brochenille. Il s'achevait sur la formule, certes peu élégante, mais tout à fait claire qui venait d'être employée : « C'est vrai que je pleurais devant la maison de ma cousine Louisette Balducci. Je pensais à elle qui était morte à l'intérieur de sa maison ! Tuée comme un chien d'un coup de fusil en pleine poitrine. Vous croyez que ça incite à rigoler ? »

Il signa sans sourciller le procès-verbal que le jeune gendarme venait d'imprimer.

Cliquet !

C'est alors qu'on appela Casset afin qu'il puisse quitter la pièce. On avait apparemment besoin de sa présence dans un autre bureau. Son absence ne dura que quelques minutes. Des minutes pendant lesquelles Brochenille commença à se montrer nerveux.

Alors qu'il s'apprêtait à se lever, pensant que sa présence dans les locaux de la gendarmerie avait assez duré, Casset qui était en fait dans le bureau contigu se mit à brailler en simulant une conversation téléphonique avec le Procureur de la République. « Oui, bien sûr, Monsieur le Procureur, ça change tout ! Bien, on suit vos instructions ! »

Curieusement, le silence s'était fait autour de Brochenille. Lui-même semblait aux aguets, il tentait de ne rien perdre de ce qu'il pensait être la conversation de l'inspecteur Casset avec le Procureur de la République.

Casset revint alors dans le bureau où Brochenille l'attendait toujours. Il lui fit signe de demeurer assis. Tout à coup, la physionomie de l'inspecteur avait même changé. Il était devenu presque distant et surtout inaccessible.

- …
- Quoi ? demanda Tony Brochenille.
- …

- Mais c'est pourquoi que vous me regardez comme ça ? dit Brochenille qui tentait de faire bonne figure, figure de victime.

Brochenille s'était adressé directement à Casset puis, n'obtenant pas de réponse, il se tourna vers les autres gendarmes présents dans la pièce. Il tentait de les prendre à témoin, comme s'il était victime d'une injustice manifeste. Il se heurta au silence et à la gêne de ceux à qui il lançait son SOS.

Casset s'était soudain comme métamorphosé ; le petit enquêteur qui se laissait malmener par celui qu'il était censé interroger avait désormais un regard tranchant, sans émotion lorsqu'il croisait les yeux de Brochenille. Il reprit la parole sans forcer le ton, sans être inquisiteur ; simplement technique, presque scientifique.

- C'est quand même curieux. Tous les autres membres du Conseil municipal qui ont été entendus par les services de la gendarmerie disent tous que leur inquiétude résidait dans le fait qu'ils ne savaient pas si Louisette Balducci était présente à son domicile puisque sa voiture n'était pas garée devant sa maison.
- … Mais… que… que…
- Le plus curieux, c'est que vous, vous saviez qu'elle était chez elle. Vous saviez aussi qu'elle était déjà morte. Et vous saviez même qu'elle avait été tuée d'un coup de fusil en pleine poitrine alors que personne n'en savait encore rien et que personne même n'avait encore pu pénétrer dans sa maison. Aujourd'hui encore, personne ne le sait… Le rapport d'autopsie vient seulement de tomber.

Puis, changeant de ton, Casset passa au tutoiement. Il était debout. Il dominait physiquement Brochenille et il poursuivit sa démonstration.

- Tu l'as tuée, tu as pénétré dans sa maison en passant par le jardin depuis la propriété de Marie Fourrasse. Le chien n'a pas aboyé, il n'y a qu'avec toi et Louisette Balducci qu'il n'aboie pas. On a tout retrouvé, le silencieux en plastique, la bougie pour retarder le départ du feu. Tout, je te dis ! Tu ferais mieux de tout me dire… Maintenant. ! Ce serait mieux…

Tony Brochenille était sonné. Il tentait de trouver une parade aux évidences qui venaient de lui être servies. Totalement désorienté, il tenta de sourire. Il se mit aussi à transpirer, une sorte de flux continu qui sembla le surprendre lui-même mais qu'il ne pouvait endiguer. En quelques secondes son visage fut littéralement inondé d'un flot de sueur qui coulait sur ses vêtements.

Comme un chien perdu, il regardait Casset. Il n'y avait même pas de haine ou simplement d'agressivité dans son regard. Il cherchait un point fixe et raisonnable auquel se raccrocher. Et, pour lui, à cet instant, ce point fixe et raisonnable, c'était l'inspecteur qui venait de l'accuser d'avoir tué sa cousine.

Il fallait à présent porter l'estocade sur Brochenille, l'enfoncer définitivement. Bien qu'il ait du mal à se l'avouer, Casset savourait de façon fort peu élégante ce moment.

- C'est Marie Fourrasse, ta maîtresse, qui vient de tout balancer. Elle ne veut pas être entraînée là-dedans. Elle nous dit qu'elle n'y est pour rien. Elle dit qu'elle n'a rien pu empêcher, qu'elle n'était pas là lorsque tu l'as fait. Tu es tout seul à présent… Et tu es en première ligne. Tu sais, je crois que le mieux pour toi serait de tout nous dire maintenant.

Casset avait prononcé cette dernière phrase avec une extrême douceur, une sorte de placidité née de l'évidence. L'évocation de Marie Fourrasse suffit apparemment à ranimer quelque peu l'esprit de Brochenille. Son premier réflexe fut, comme un enfant, de tenter de faire porter la responsabilité sur un autre. Une autre en l'espèce. Il le fit avec une rapidité telle qu'il n'avait même pas eu le temps de réfléchir à sa réponse.

- Mais c'est elle qui m'a demandé de le faire, souffla-t-il douloureusement, comme s'il ne parvenait pas à comprendre le sens de ce que l'inspecteur venait de lui apprendre.
- Ah bon ? dit mollement Casset, comme peu intéressé…

Sa passivité avait pour but d'activer le besoin de confession de Brochenille. Il fallait qu'il se croie obligé de convaincre celui qui l'interrogeait et qui ne semblait que peu concerné par ses propos.

- Elle voulait la maison de Louisette pour faire un accès à son hôtel, c'est direct comme ça… C'est elle qui a voulu. Et puis, elle avait peur que Louisette vende pour le centre commercial, ça pourrissait son projet d'hôtel de luxe… On peut pas avoir un hôtel de luxe à côté d'un Leclerc ou d'un Vitagros ! Faut pas déconner ! On ne savait pas ce qu'elle voulait faire. Tantôt elle voulait vendre pour le centre commercial, tantôt elle voulait plus. On était perdus…

Il accepta sans discussion de signer un nouveau procès-verbal consignant uniquement ses aveux sans trop s'étendre sur les circonstances et son instigatrice.

Cliquet !

Se rendait-il même compte qu'il venait d'avouer un crime ?

Après avoir signé ce deuxième procès-verbal, Brochenille demanda à lire les déclarations de sa maîtresse. Casset refusa - et pour cause, elles n'existaient pas ! – en lui disant que c'était quand même lui qui décidait.

Puis, on laissa de nouveau Brochenille se répandre sur celle qui l'avait incité à commettre ce crime. On ne retint que l'essentiel. Le nouveau procès-verbal, le troisième, était plutôt laconique. Brochenille se contentait de déclarer que c'était à l'instigation de Marie Fourrasse qu'il avait supprimé sa cousine Louisette Balducci. Dans la confusion de son esprit, il pensait sans doute se disculper de son crime.

Il ne fit aucune difficulté pour signer cette déclaration. C'était l'essentiel aux yeux de Casset, même s'il aurait voulu que les aveux soient plus complets ; le reste viendrait après. D'expérience, il savait pourtant que ce type de déballage ne dure pas dès lors que celui qui est en train de s'épancher prend conscience de la gravité de ses aveux et surtout qu'il avance sans s'être rendu compte que son interrogateur ne disposait en réalité d'aucune preuve lui permettant d'avoir barre sur lui.

Tony Brochenille se mit à pleurer. Il s'inquiétait pour les travaux en cours sur ses vignes, pour ses parents. Il ne semblait pas vraiment saisir la gravité de sa situation. Il paraissait s'être attaché à celui qui venait pourtant de le faire chuter. C'est à Casset qu'il s'adressait en l'interrogeant sur ce qui allait se passer. Il se demandait avec naïveté quand il pourrait rentrer chez lui.

Casset choisit de passer outre la procédure et de le laisser parler alors qu'il avait spécifiquement précisé que toutes les déclarations de Tony Brochenille devaient être immédiatement transcrites sur des procès-verbaux. Mais, à présent, les aveux obtenus, il lui semblait que des propos librement tenus permettraient de combler les blancs qui émaillaient encore ce qu'ils savaient de cette affaire.

C'est ainsi que Tony Brochenille se livra spontanément à un véritable déballage. S'il ne niait pas son geste, il demandait surtout que l'on s'intéresse à celle qui en avait décidé. Il fut facile de lui faire révéler les motifs de cet assassinat. Marie Fourrasse se trouvait dans une impasse financière. Toute son opération immobilière prenait l'eau. Jusque-là, elle avait pu compter sur le dévouement de ses adeptes puisqu'elle ne faisait qu'acheter les matériaux destinés à transformer sa magnanerie, un bâtiment industriel en fait, en lieu de résidence luxueux. C'était ses adeptes qui assuraient la main-d'œuvre. Mais depuis plusieurs mois, ils avaient tous déserté. Elle ne pouvait plus supporter seule les travaux. Or, les contacts qu'elle avait pris avec des banques lui avaient démontré que, si elles étaient prêtes à financer le reste des travaux, elles ne le feraient que si le projet de zone commerciale n'était plus de mise sur ce site. Les banquiers estimaient que le projet d'hôtel de luxe et centre de congrès étaient incompatibles avec celui de la zone commerciale.

- C'est elle qui a voulu ! répétait-il constamment. Vous comprenez, c'est elle…

Sur sa relation avec Marie Fourrasse, Tony Brochenille avait du mal à s'exprimer. « Une femme extraordinaire ! Elle connaît tant de choses par rapport à moi… Elle a des pouvoirs. Si, si, elle a des pouvoirs. Je l'ai vu s'en servir. Mais vous le savez, vous aussi. Vous avez bien vu comment elle a guéri le petit vieux de ses brûlures, vous y étiez, vous l'avez vu ».

Croyait-il vraiment que cette déclaration allait influencer l'inspecteur ou était-il encore perdu dans son rêve ? Nul n'aurait su le dire. Ce qu'il venait de déclarer confirmait en tous cas l'existence de sa liaison avec Marie Fourrasse. Elle lui avait visiblement raconté en détail les circonstances de la visite de Casset.

Il fallut l'informer de son placement en garde-à-vue. L'inspecteur lui signifia également son droit de faire appel à un avocat et de demander un examen médical.

- Souhaitez-vous que j'appelle Maître Bistagne ? lui demanda-t-il. C'est un bon avocat. Il pourra vous aider. Vous en avez le droit.
- Oh non ! Qu'est-ce qu'il va penser de moi ? Il connaît mes parents. J'aurais trop honte. Non, on verra ça après. J'irai peut-être à Avignon pour en trouver un…
- Je crois que vous n'avez pas bien compris la situation. Vous n'êtes plus libre pour l'instant. Dès que nous aurons fini les interrogatoires, c'est un juge qui décidera soit de vous placer en détention, soit de vous libérer en attendant le jugement, dut lui préciser Casset. Je pense vraiment que la présence de Maître Bistagne pourrait vous aider.

Brochenille resta un moment silencieux. L'information progressait lentement dans son cerveau. Apparemment, il détournait encore la gravité de son geste sur celle qui l'avait incité à passer à l'action. L'idée d'un séjour en prison ne l'avait pas encore effleuré.

- Comme vous voulez, appelez-le si vous voulez après tout, finit-il par lâcher.

Après que Casset eut donné des instructions pour qu'on joigne le cabinet de Bistagne, Brochenille persistait à chercher à obtenir l'attention de Casset. Il se mit alors à parler de sa relation avec Marie Fourrasse. Cet homme frustre était semble-t-il d'une totale immaturité affective et sexuelle. Le hasard lui avait fait rencontrer celle qui allait devenir sa maîtresse lorsqu'elle voulut mettre ses vignes en fermage.

Au fil du temps, cette femme raffinée, un peu lointaine et méprisante à son égard commença à avoir plus d'attentions pour lui. Alors qu'il devait n'avoir qu'une sexualité que Casset jugeait rudimentaire, elle lui offrit de partager une partie de son intimité tout en créant en permanence le manque. Il parlait autant des moments partagés avec sa maîtresse que des difficultés qu'il devait affronter pour la rencontrer. Elle le faisait courir ; et il courait ! S'en rendait-il seulement compte ?

Visiblement Marie Fourrasse était une séductrice qui jouait de son charme et savait en user et en abuser ; Tony Brochenille, gros garçon, sans doute un peu complexé par son physique et son immaturité affective, présentait toutes les caractéristiques de la victime toute désignée pour tomber dans le panneau.

Maître Bistagne n'arriva qu'une heure plus tard. Il expliqua qu'il avait reçu un appel de son secrétariat sur son téléphone portable lui demandant de se rendre à la gendarmerie de Valréas pour une urgence concernant Tony Brochenille. Alors même qu'il n'avait reçu aucune information de la part des enquêteurs, il sembla à Casset qu'il avait eu l'intuition de la raison de cet appel. « C'est pour le petit Brochenille ? Il a quelque chose à voir avec la mort de… ? » demanda-t-il à Casset dès qu'il l'aperçut.

Alors que Bistagne avait semblé plutôt cynique lors de l'entretien que Casset avait eu avec lui quelques jours plus tôt, il lui apparut tout à coup étrangement sensible, presque fragilisé par ce qu'il était en train de comprendre. L'inspecteur ne pouvait rien lui dire sur le fond du dossier. Il se contenta de ne pas le contredire ; Bistagne sembla se tasser bien qu'il fût debout dans le couloir qui le séparait du bureau dans lequel Brochenille était gardé à vue.

Rapidement cependant, le professionnel reprit le dessus. Il demanda à s'entretenir avec son client.

Les locaux des gendarmeries sont toujours mal insonorisés. De façon presque sournoise le silence se fit dans la brigade. On ne saurait dire si les enquêteurs tentaient de surprendre les confidences que l'assassin était en train de faire à son avocat ou si c'était simplement la solennité du moment qui incitait ceux qui étaient là à faire le silence.

L'entretien ne fut guère long ; dix à quinze minutes tout au plus. On avait perçu de nouveaux sanglots de Brochenille, une expression que tous ceux qui étaient demeurés dans la gendarmerie purent entendre à cause de la faible épaisseur des cloisons revenait aussi fréquemment dans la bouche de Tony Brochenille « Non mais quand même ! » sans qu'on sache à qui ou à quoi elle était destinée.

Bistagne ressortit du bureau. Comme épuisé, il prit Casset par le bras, comme ça, sans justification, presque par amitié. Il avait besoin de toucher quelque chose d'humain, une sorte de point d'appui. Après un regard curieusement dépourvu d'émotion vers Casset, il ne lui demanda rien. Il se contenta finalement de dire qu'il devait à présent aller avertir les parents de « ce pauvre Tony » selon l'expression qu'il employa.

Alors que sa lourde silhouette s'éloignait dans l'obscurité, l'inspecteur qui avait raccompagné l'avocat jusqu'à la porte de la gendarmerie crut entendre au loin la voix éraillée de Véro Tokatian qui semblait donner son verdict à cette journée.

- Les conneries ça suffit ! Un bon coup d'balai ! Un bon coup d'balai !

Puis le silence revint. Elle sembla disparaître elle aussi dans la nuit de Valréas sans doute toujours suivie par son vieux chien jaune.

> *13ème station - Alors ils retirèrent les clous des mains du Seigneur et l'étendirent sur le sol et toute la terre trembla. » (Evangile apocryphe de Pierre. 21)*

13

La gendarmerie de Valréas, le même jour

C'est afin de répondre à un appel du bureau du Procureur – réel celui-là – que Casset dût s'absenter du bureau dans lequel Brochenille était interrogé. Le substitut de permanence tenait à être informé des derniers développements et surtout des aveux du « gardé-à-vue ». Alors que Casset quittait le bureau pour tenir le parquet informé, Brochenilllle voulut relire les procès-verbaux qu'il venait de signer. On ne s'y opposa pas. L'inspecteur demanda cependant qu'on ne lui donne à lire que des photocopies.

Alors qu'il était en communication avec le substitut du Procureur de la République pour l'informer de la progression de l'enquête, Casset entendit une détonation provenant du bureau contigu à celui dans lequel il se trouvait. Un simple claquement presque métallique dont la puissance laissait persister un sifflement pour tous ceux qui l'avaient entendu. En ouvrant la porte de communication, il découvrit l'un des jeunes gendarmes, celui qui maîtrisait le mieux l'informatique et qui avait tapé tous les procès-verbaux, en état de choc, livide, regardant le corps de Tony Brochenille allongé sur le sol en carrelage ; celui-ci était secoué de soubresauts compulsifs. Une mare de sang se formait déjà à hauteur de sa tête. Il venait de se tirer une balle dans la bouche à l'aide de l'arme de service du jeune gendarme que ce dernier avait imprudemment laissée dans son holster à portée de Brochenille.

Le gendarme qui était encore occupé à interroger Marie Fourrasse dans un bureau voisin ne put empêcher celle-ci de bondir littéralement quand elle entendit la détonation. Sans même qu'il puisse intervenir, elle parvint au bureau dans lequel Brochenille était interrogé. Elle regarda le corps de son amant qui était déjà inerte. Elle lança un regard vers Casset dans lequel on ne pouvait distinguer ce qui relevait plus de la haine ou du mépris.

On tenta bien tout ce que les manuels d'intervention enseignent dans ce genre de situation. Le médecin le plus proche fut appelé, le SAMU également. Bien entendu, rien ne put le ramener à la vie.

Le pauvre maréchal des logis Jacquet ne savait plus s'il devait s'en prendre au gendarme qui avait laissé l'étui de son arme de service en vue sur un bureau alors qu'il était occupé à faire les photocopies attendues par Brochenille ou s'il devait soutenir son collègue qui ne cessait de refaire les gestes qui avaient précédé le coup de feu. Il apparut qu'il avait omis de le menotter et surtout que personne ne l'avait surveillé alors que son arme de service chargée et en vue était trop proche d'un Tony Brochenille qui n'était pas entravé.

La balle avait visiblement traversé le corps, entrant par la bouche et ressortant par la base du crâne. Des gouttelettes de sang maculaient les murs de la pièce. Casset demeurait silencieux, comme fasciné par ce spectacle désolant. Son regard ne parvenait pas à se détacher des yeux de Brochenille, ses yeux pourtant sans vie qui le regardaient encore. La vie avait-elle disparu de ce corps ? Quels autres secrets emportait-il avec lui ?

Après avoir fait part de cet accident au substitut de permanence, il fallut informer le Procureur de la République lui-même de cet événement. Le plus difficile pour Casset fut de supporter le long silence qui suivit l'annonce qu'il avait dû faire au magistrat.

Le Procureur eut une réaction très cynique et professionnelle. Il tentait de sauver ce qui pouvait encore l'être. Il voulait éviter que toute cette enquête se termine en fiasco intégral et que le ridicule succède à l'échec. Il fallait que l'implication de Marie Fourrasse soit établie par des éléments plus solides qu'une simple déclaration sans preuve du principal coupable. Le Procureur demanda à Casset de la placer immédiatement en garde-à-vue et de la cuisiner afin de tenter d'obtenir la confirmation de ce que Brochenille avait avoué mais qui n'avait pas pu être intégralement consigné dans un procès-verbal. Il fallait faire vite, tenter de profiter de l'effet dramatique de la mort de son amant afin de la déstabiliser et peut-être d'obtenir ainsi des aveux qui viendraient confirmer ce que Brochenille avait avoué ; on pouvait lui faire un autre reproche, il était mort trop tôt...

Encore sous le choc du suicide de Tony Brochenille, Casset dut donc s'atteler à l'interrogatoire de Marie Fourrasse. Celle-ci ignorait encore la teneur des aveux de Brochenille. Elle lui apparut beaucoup moins séduisante que lors de sa première visite, pas maquillée, les cheveux entourés d'un foulard, ses traits semblaient étrangement durs. Elle était manifestement bouleversée mais elle restait forte. Casset lui annonça sans détour la gravité de ce que Tony Brochenille venait d'avouer.

Malgré l'apparent dédain qu'elle tentait d'affecter, Marie Fourrasse ne put contenir une émotion à certains moments.

- Non… souffla-t-elle dans un premier temps. Non, je n'ai rien à voir avec ça…

Mais Casset ne put rien en tirer de plus. Elle résista à toutes les pressions.

Elle s'était rapidement rendu compte qu'il n'avait rien contre elle dans son dossier hormis des accusations sans preuves formulées par celui qui avait tué Louisette Balducci. La violence verbale, l'impatience manifestée par ceux qui l'interrogeaient finirent même par lui permettre de se montrer narquoise. C'est elle qui les accusait d'incompétence. Elle finit même par lâcher au sujet de la mort de Tony Brochenille dans les locaux de la brigade de gendarmerie de Valréas : « Ah ! C'est ce qu'on appelle de la belle ouvrage… » en regardant Casset.

Le dernier procès-verbal signé par Brochenille contenait bien son aveu du meurtre de sa cousine ; les accusations portées contre Marie Fourrasse, désignée par Brochenille comme celle qui l'avait incité à ce crime, avaient également été consignées mais cette dénonciation ne constituait pas une preuve. Quand il fut question de leur relation, Marie Fourrasse se contenta de hausser les épaules.

- Il est vrai que j'ai aussi un coiffeur, un épicier, un plombier, une manucure, un percepteur, un cantonnier municipal, plusieurs éboueurs, un garagiste et depuis deux ou trois jours je rencontre un inspecteur de police. Dites au petit gendarme qui tape sur l'ordinateur de le noter sur votre papier, finit-elle par dire, moqueuse. Une relation de fermage. Ce pauvre garçon exploitait des terres qui m'appartiennent mais que je ne cultive pas : l'agriculture, c'est un métier ! C'est un métier, ça veut dire qu'il doit être exercé par des professionnels. Ce qui n'est visiblement pas le cas dans toutes les corporations.

Elle était parvenue à prendre le dessus sur l'inspecteur et les gendarmes de la brigade présents dans la pièce. Son assurance qui avait été un temps ébranlée par la nouvelle de la mort de Tony Brochenille semblait lui être totalement revenue. Elle nourrissait même sa morgue du désarroi qu'elle lisait par instant dans les yeux de l'inspecteur Casset.

Il devint rapidement évident pour ce dernier que les bruits d'alcôve sur la relation de Marie Fourrasse et Tony Brochenille ne constituaient pas une preuve. Cette relation aurait-elle été avérée qu'elle n'attesterait pas pour autant la participation de celle-ci au meurtre de Louisette Balducci. Même le fait que les intérêts de Marie Fourrasse étaient opposés à ceux de Louisette n'en faisait pas une meurtrière ou il aurait fallu arrêter la moitié du village qui se trouvait dans la même situation. Une opposition d'intérêt ne suffit pas pour attester d'une intention criminelle.

On tenta même d'obtenir auprès de la banque de Marie Fourrasse la confirmation de l'impasse financière dans laquelle celle-ci se trouvait. Le directeur de l'agence qui gérait ses comptes se montra catégorique : non, aucune demande de financement n'avait été présentée à son établissement par Madame Fourrasse, aucun refus n'avait donc été opposé à une demande qui, selon lui, n'avait pas existé… Pouvait-on le croire ? Comment prouver le contraire ?

Le Procureur dut finalement se résoudre à voir ce dossier finir dans un cul-de-sac.

On dut remettre Marie Fourrasse en liberté à l'issue de sa garde-à-vue sans rien retenir contre elle.

Elle regagna son domaine mais dès ce jour, elle mit ses activités en sommeil. Les stages prévus furent annulés. Il est vrai qu'ils ne concernaient que quelques femmes esseulées qui ne parvinrent du reste jamais à se faire rembourser les acomptes déjà versés.

La presse régionale, et notamment *Le Provençal,* consacrèrent plusieurs articles à cette affaire. Il en ressortait que les circonstances exactes du décès de Louisette Balducci demeuraient inexpliquées. De même, pour les motivations de Tony Brochenille : sa culpabilité était certes reconnue mais les raisons demeuraient, elles aussi, mystérieuses pour la plupart des journalistes. On en vint finalement à classer cette affaire dans la vaste catégorie des drames familiaux. Néanmoins les différents articles signés par John Kennedy faisaient indirectement apparaître un lien entre la culpabilité de Tony Brochenille et certains projets immobiliers concernant la commune de Sainte-Solèsne des Vignes. Il ne pouvait manifestement aller plus loin dans ses déductions du fait du manque de preuves à l'appui de ce qu'il savait. Sa prudence était donc autant due au respect de l'engagement contracté avec l'inspecteur Casset qu'à la crainte de voir des affirmations trop précises être attaquées en justice et risquer ainsi une condamnation.

> *14ème station - Après avoir acheté un linceul, Joseph descendit Jésus de la croix et l'enroula dans le linceul. Il le déposa dans une tombe qui était creusée dans le rocher et il roula une pierre à l'entrée du tombeau. Marie de Magdala et Marie, mère de José regardaient où on l'avait déposé. (Marc 16, 46)*

14

Après un tel fiasco, l'administration réserve une ultime humiliation à celui qui en est jugé responsable. Il doit rédiger un rapport aussi objectif que possible et surtout ne comprenant pas d'omissions fautives ; elles seraient fatalement relevées et accentueraient encore davantage la gravité du cas de celui qui est présumé coupable de la faute professionnelle à l'origine de l'échec.

Casset dut donc fournir un rapport de synthèse sur son enquête, son résultat puis son naufrage. Il le fit consciencieusement. Son orgueil l'empêcha de charger le maréchal des logis Jacquet. Il tenta, autant que possible, de lisser ses considérations sur la manière dont les conditions matérielles de la garde-à-vue avaient été conduites. Il demeurait cependant que Jacquet était ce jour-là responsable juridique de la personne interrogée dans la gendarmerie dont il assurait le commandement, de façon provisoire, certes, mais effective.

De retour à Valence, Casset fut immédiatement convoqué par Berthier, son supérieur hiérarchique. Celui-ci faisait mine de lire ce rapport. Manifestement, il en avait déjà pris connaissance mais il devait penser qu'un brin de mise en scène n'était pas superflu.

- Eh ben… C'est pas brillant…, laissa-t-il tomber au bout de trente secondes d'un silence pesant qu'il avait créé volontairement.

-…

Casset n'entendait pas répondre. Il garda donc le silence.

- Pas brillant, ça fait du bruit en haut lieu, je vous le dis. Le Procureur se fait remonter les bretelles par le Parquet général qui est lui-même secoué par la Chancellerie. Mais qu'est-ce qui vous a pris ? Je n'ai jamais vu ça…
- Dites-moi clairement ce qui m'est reproché, se contenta de répliquer Casset.
- Enfin, laisser ce Brochenille dans un bureau à proximité d'une arme de service ! Je rêve ! Et vous, vous ne voyez pas le problème…
- Vous connaissez parfaitement mon statut et ce que je pouvais faire dans cette enquête en zone de gendarmerie. Je n'avais aucun pouvoir sur l'organisation de la garde-à-vue. Je n'étais en charge que de l'enquête. Point ! Vous le savez parfaitement.

Berhier ne pouvait le contester mais visiblement une décision avait déjà été prise. Ailleurs et bien qu'il répugnât à se l'avouer à lui-même, plus haut, beaucoup plus haut.

Mais c'était quand même à lui de donner le coup de grâce, une sorte d'exécuteur des hautes œuvres, le surnom qu'on donnait au bourreau lorsqu'il y en avait encore un.

- Ce sera Marseille. Les quartiers Nord. Et c'est déjà inespéré, presque incompréhensible.

- Mais, lorsque j'avais rencontré Carminatti, il m'avait…

- Je vous arrête tout de suite ! le coupa Berthier. Y'a plus de Carminatti. Oubliez-le ! C'est fini Carminatti, foutu dehors, à la retraite ! Et pour les grands chefs, la décision c'est Marseille et les quartiers Nord : c'est même inespéré pour vous. Et on me dit que ça ne se discute pas. A votre place, je….

Casset ne lui laissa pas la joie de finir sa phrase, avant même qu'il ait fini de piquer ses dernières banderilles, l'inspecteur avait quitté le bureau de Berthier. Celui-ci, les yeux encore fixés sur la chaise que Casset venait de délaisser, ne parvenait pas à comprendre l'attitude de son subordonné. C'est que la vie d'une administration comme la Police a ses règles. Par son attitude, l'inspecteur se mettait radicalement hors de portée du pouvoir hiérarchique qui aurait normalement dû réglementer sa vie, jusque dans l'échec. C'est aussi l'esclave qui constitue le maître, mais cela Berthier ne le savait pas.

> *Apostille* : *Le dimanche matin, Marie de Magdala, la disciple du Seigneur, prit avec elle ses amies et entra dans le sépulcre où il avait été déposé… A leur arrivée, elles virent un jeune homme, assis au milieu du tombeau. Il était beau et habillé d'un vêtement éblouissant. Il leur dit : « Pourquoi êtes-vous venues ? Qui cherchez-vous ? Ne serait-ce pas le crucifié ? Il est ressuscité et il est parti. »*
> (Evangile apocryphe de Pierre. 50 – 56)

15

Epilogue

Casset refusa donc cette mutation qui fleurait un peu trop la sanction humiliante.

La démission, ce geste qu'il aurait pensé douloureux lui fut finalement plutôt agréable. Ce qu'il ressentait confusément depuis des années comme une sorte de bridage de sa vie fut pulvérisé en un instant. La liberté ? Le mot lui semblait bien pompeux mais son goût de l'indépendance lui parut se marier au mieux avec la nouvelle vie à laquelle il aspirait. Son avenir, ses projets demeurèrent flous pendant quelques semaines avant d'être recruté, grâce à l'intervention d'un de ses anciens camarades de faculté, par un important groupe qui intervient dans l'industrie chimique afin de diriger la sécurité des divers établissements qui le composent.

Le maréchal des logis Jacquet, qui était en charge de la destinée de la gendarmerie de Valréas fut jugé responsable du suicide de Brochenille. Administrativement, c'était effectivement lui qui était responsable de l'organisation matérielle de la garde-à-vue et de la sécurité des personnes présentes dans les locaux de la brigade de Valréas. Dans la gendarmerie, sauf en cas de détournement de fonds, on ne vire pas, on mute ! Pour le maréchal des logis Jacquet, ce fut Raiatea, une île de l'archipel des Iles-Sous-le-Vent à quelques 16 000 kilomètres de la métropole. Il obtempéra et il réside depuis quelques mois sur cette petite île avec sa femme et leur fille Jennifer. Les perspectives de promotion lui paraissent aujourd'hui bien lointaines ; pour tout dire, il y a renoncé.

Les quatre autres gendarmes de Valréas furent également mutés ailleurs ; non pas qu'on leur ait fait des reproches mais le traumatisme qu'ils avaient subi a conduit à disperser ceux qui avaient vécu un même événement dramatique. Aucun ne refusa. Quand on est gendarme dans certaines familles, seule la mort peut vous éloigner de cette carrière…

Paul Carminatti, l'ancien directeur de la police en région Ile de France a fort mal supporté sa mise à la retraite d'office. Après avoir un temps espéré un rappel à son poste avec les honneurs, il a brutalement sombré dans un état quasiment végétatif selon son épouse ; il ne lui adresse même plus la parole. Il semble seulement attendre que cela finisse.

Quant à elle, Marie Fourrasse ne fut pas inquiétée. Rien dans la procédure ne venait conforter ce que Casset avait entendu de la bouche de Brochenille. Aucune preuve ne pouvait venir étayer ce que désormais, tout le monde savait. Les seules accusations portées par Tony Brochenille n'en constituaient pas une. Elle finit malgré tout par vendre sa propriété. A perte, sans doute, par rapport à ses espoirs puisque les travaux de transformation n'étaient pas achevés.

Le nouvel acquéreur ne partagea pas l'enthousiasme de Marie Fourrasse pour la création éventuelle d'un hôtel de luxe. Il se contenta de bricoler quelques petits travaux de transformation minimalistes et ouvrit finalement à peu de frais des chambres d'hôtes pour touristes peu fortunés. Il se murmure cependant que le nouveau propriétaire ne serait peut-être qu'un homme de paille qui agirait ainsi dans l'attente de jours meilleurs pour faire revivre le projet d'un complexe de luxe à Sainte-Solèsne des Vignes. Jacques Espérendieu, le maire du village, serait celui qui dirigerait la manœuvre en coulisse.

Depuis son départ de Sainte-Solèsne des Vignes, on a perdu la trace de Marie Fourrasse, celle qui était sans doute le maître d'œuvre de cette double mort.

Les parents de Tony Brochenille qui étaient très âgés, ils avaient tous deux plus de quatre-vingt ans, ne résistèrent pas au scandale provoqué par l'annonce de la culpabilité de leur fils. De santé déjà chancelante, ils ne survécurent que quelques semaines à la honte qu'ils ressentirent. Louis Brochenille, qui était surnommé Loulou, fut emporté par un accident vasculaire cérébral, un AVC, quelques jours après la sinistre visite de Maître Bistagne à leur domicile. Sa femme le suivit trois jours plus tard sans que le médecin ait pu déterminer l'origine de son décès. « Elle n'avait plus envie de vivre » diagnostiquèrent doctement les habitants de Sainte-Solèsne des Vignes.

Il faut aussi reconnaître que leurs derniers jours furent marqués par un ultime scandale. En effet, Louisette Balducci n'avait plus que les Brochenille comme proche famille. C'est donc tout naturellement dans leur caveau qu'elle avait été inhumée. Or, quelques jours plus tard, Tony Brochenille mit fin à ses jours dans les locaux de la gendarmerie de Valréas après avoir avoué l'assassinat de Louisette Balducci. Les parents de Tony Brochenille demandèrent que la dépouille de leur fils soit, elle aussi, placée dans leur caveau familial.

Le père Justinien Kpama, le fameux Titin, le prêtre de Sainte-Solèsne des Vignes, tenta bien de les en dissuader : permettre que l'assassin soit enterré dans la même tombe que sa victime semblait choquant. Rien ne put faire changer leur décision. Le maire et le Procureur de la République tentèrent eux aussi de les faire renoncer à cette inhumation mais rien dans les lois n'interdisait une telle pratique. On dut laisser faire. C'est même devenu une sorte de curiosité locale quelque peu malsaine pour certains de ceux qui visitent le cimetière de Sainte-Solèsne des Vignes : aller se recueillir sur la tombe qui réunit la victime et son bourreau par la volonté des parents de l'assassin.

Le projet de création d'une zone commerciale sur le territoire de la commune de Sainte-Solèsne des Vignes semble quant à lui être perpétuellement retardé ; non pas à cause des deux morts survenues coup sur coup en ce triste automne provençal. Le marasme économique serait plutôt à l'origine de la timidité entrepreneuriale du groupe Vitagros qui était à l'origine de ce projet.

Véro Tokatian, dont le véritable prénom est en fait Véronique, hante encore les rues de Valréas. La nuit venue, elle marmonne toujours ses imprécations et ses visions apocalyptiques. Elle n'est pas davantage écoutée qu'auparavant. Elle n'est plus accompagnée de son vieux chien jaune.

Enfin, le responsable des statistiques au Ministère de la Justice demeure, quant à lui, dans l'expectative relativement au sort administratif de ce dossier. Doit-on le considérer comme une affaire classée ou au contraire comme une affaire non-élucidée ?

ROMANS POLICIERS
AUX ÉDITIONS L'HARMATTAN

Dernières parutions

BUTÉ AU LAMENTIN
Frédéric Copperbloom
Le lieutenant Vermeulen est l'un des détectives les plus brillants qui soient de la police judiciaire. Mais il a une tendance à transgresser les règles. Malgré ses détracteurs, il semble bénéficier d'une protection d'en haut, qui s'accompagne hélas d'une stricte surveillance. On l'exile dans un trou, tout près de Fort-de-France, pendant que les inspecteurs de la police des polices enquêtent sur son travail dans le commissariat de la mairie de Montreuil. Il se morfond jusqu'au jour où l'on trouve par hasard un cadavre enterré depuis dix ans entre deux champs de maïs. La moiteur tropicale et les mentalités des « anciennes îles à sucre », jamais remises en cause par le siècle des Lumières, sont le cadre où nous plonge Frédéric Copperbloom. Les haines et les rancœurs, issues de l'esclavage, y demeurent sous-jacentes. Vermeulen y trouvera, paradoxalement, un terrain favorable à son style borderline, et il l'espère aussi, avant même de la connaître, la femme de ses rêves.
(Coll. Noir, 240 p., 19,5 euros)
ISBN : 978-2-343-17469-3, EAN EBOOK : 9782140125362

FAUX SUICIDE À MONTREUIL
Frédéric Copperbloom
Tout commence par un jeu entre le capitaine de la police judiciaire et une jeune brigadière. Ils aiment tous les deux les romans policiers et rêvent d'en écrire un. Elle va lui proposer, sur la base d'une intuition, un complément d'enquête sur un suicide bizarre à la mairie de Montreuil la veille de Noël. Suicide ostentatoire que la presse a qualifié de « suicide par la fenêtre ». En enquêtant plus loin qu'on ne le fait normalement pour instruire la justice, ils vont se rendre compte que l'intuition d'Annick se confirme dans les faits... Un roman qui aborde les thèmes de la justice et de la transgression de la légalité... et la recherche de l'amour, véritable obsession du capitaine Vermeulen.
(Coll. Noir, 206 p., 19,5 euros)
ISBN : 978-2-343-17470-9, EAN EBOOK : 9782140125379

LA MAISON QUI RESPIRE
Thomas CHANCERELLE
Port Caben, petite station balnéaire posée sur la dune, semble sur le point de basculer vers la mer. Le fragile équilibre de cette ville de province rongée par les vagues, autrefois fréquentée par l'aristocratie et le show-business, va bientôt rompre sous le poids de souvenirs inavoués. Entre une vieille famille d'industriels fragilisée par la disparition mystérieuse de la jeune héritière trente ans auparavant, des barons locaux

aux moeurs peu avouables, des surfeurs désenchantés, des élus vieillissants accrochés au pouvoir, Antoine, journaliste déchu fuyant la capitale, va mener une enquête interdite. Elle le conduira sur les traces d'une maison mystérieuse et mythique, ancien lieu de tous les excès et de tous les trafics, dont le destin hante la ville depuis que la jeune femme y a été vue pour la dernière fois...
(Coll. Noir, 366 p., 29 euros)
ISBN : 978-2-343-17323-8, EAN EBOOK : 9782140122200

MISSION À LIBREVILLE
Polar
Iba Dia
« La meilleure façon de renverser un gouvernement est d'en faire partie ». Cette sentence de Talleyrand sied à ce polar qui porte les empreintes de machinations ourdies dans les hautes sphères de l'État gabonais. Des personnages aristocratiques du sommet de l'État, dévergondés, manipulateurs, et d'un népotisme à souhait, nourrissent la trame de ce récit aux multiples rebondissements. Dans ce contexte machiavélique, l'agent sénégalais Bara Ndiaye, envoyé spécial à Libreville par la CEAO, tente de se frayer une voie pour mettre fin à un complot de déstabilisation, téléguidé de l'extérieur.
(Coll. Harmattan Sénégal, 152 p., 16 euros)
ISBN : 978-2-343-15797-9, EAN EBOOK : 9782140102264

ARJUNA
Roman
Patrice Haffner
« Elle était la vie, elle était la joie. Elle riait et le violon riait. Voilà ce qu'il avait tué, Medhi. C'était bien un criminel au sens propre du terme. Il avait mis fin à la vie d'un être divin, un enfant chéri de Dieu, sûrement... » Au travers d'une histoire prenante ou s'entremêlent les passions, le sentiment religieux mais d'abord l'amour de la musique, l'auteur tente de répondre à la question d'un père « Quel est le problème qui dresse nos fils les uns contre les autres, envoie nos enfants se faire sauter avec des explosifs, et pousse les femmes à s'armer et à tuer ? »
(242 p., 21,5 euros)
ISBN : 978-2-343-14794-9, EAN EBOOK : 9782140090240

LE TUEUR EN SÉRIE DE LA CITÉ PERDUE
Roman policier
Mamady Koulibaly
Le personnage principal de ce roman, Souleymane, avait comme projet de rejoindre l'hypothétique Eldorado européen et rien ne l'en dissuadait. Pourtant, ses résolutions furent ébranlées par la rencontre du géomancien Koro Sina : le mystique lui promit monts et merveilles... à condition qu'il accepte de verser du sang humain ? De là, la perpétration d'une série de meurtres, que le commissaire Youssouf et l'inspecteur Simakan s'emploieront à élucider.
(Coll. Harmattan Guinée, 92 p., 12 euros)
ISBN : 978-2-343-13762-9, EAN EBOOK : 9782140059377

EAUX PRÉMONITOIRES
Acque premonitrici
Nicole Barriere

Quels mots prolongent l'exil des peuples? Sable, poussière, lumière, langage, résurrection, constellations, Verbes irrigués de légendes et de mystères. Chaque mot, chaque voyelle porte une histoire des survivants En cherche la langue neuve et le rythme
(Coll. L'Orizzonte, 80 p., 12 euros)
ISBN : 978-2-343-13241-9, EAN EBOOK : 9782140054044

LES PALMIERS SANGLANTS
Roman
David Noga

La République de San Feliz est, en 2045, l'Etat le plus prospère d'Afrique centrale. Un havre de paix au coeur du bassin du Congo. Soudain, huit meurtres rituels viennent remettre en cause la quiétude d'une nation. Opposant historique au pays de l'Oncle Sam, le président Kwamè n'a d'autre choix que de faire appel à la police new-yorkaise pour l'aider à élucider l'affaire. C'est le lieutenant Ellington, fils d'un immigré sénégalais, qui se lance dans une course judiciaire ultime...
(Coll. Encres Noires, 288 p., 23 euros)
ISBN : 978-2-343-12998-3, EAN EBOOK : 9782140049767

DERRIÈRE LES RIDEAUX JAUNES
Roman
Gérard Netter

Après trois semaines passées à l'étranger, Célestin Damoiseau est de retour en France. Il se retrouve mêlé à des situations qui le dépassent. Accusé d'un meurtre, qu'il ne pense pas avoir commis, il est poursuivi par des tueurs. À qui faire confiance ? Où est la vérité ? Celestin essaie de démêler les fils de l'énigme, mais il ne comprend pas grand-chose et semble flotter au gré des évènements comme une plume voyageuse soumise aux fluctuations du vent.
(Coll. Rue des écoles, 250 p., 22 euros)
ISBN : 978-2-343-12710-1, EAN EBOOK : 9782140048364

FAITES ENTRER LE COUPABLE
Roman
Joseph DALSTEIN

Ce roman est sous forme de chronique judiciaire : Carl Mézière, le personnage central de cette histoire étonnante, est-il innocent ou coupable ? Au lecteur de suivre l'invraisemblable parcours judiciaire d'un personnage hors norme. L'intrigue se déroule dans une sorte de triangle infernal, entre le Luxembourg, l'Allemagne et la France. Carl arrivera-t-il à déjouer la malédiction qui s'est refermée sur lui comme un piège ?
(Coll. Rue des écoles, 296 p., 24,5 euros)
ISBN : 978-2-343-13046-0, EAN EBOOK : 9782140048371

TROIS COUPS DE SANG
Une enquête du détective Karbaï
Christophe Petit

Serge Cauteret, directeur de théâtre sur les Grands Boulevards, est soupçonné par sa femme de la tromper avec un homme. Le détective privé Karbaï, après avoir photographié une preuve tangible de l'infidélité, abandonne la filature... Le lendemain, le directeur est retrouvé mort sur la scène de son théâtre... Alors que le froid, la neige s'abattent sur Paris, commence une enquête dans le monde du spectacle où les masques se métamorphosent à volonté. Karbaï et son équipe, Mme Lebrun, Carminati et le clochard Michaux vont interpréter leurs rôles...

(200 p., 19,5 euros)
ISBN : 978-2-343-11788-1, EAN EBOOK : 9782140035784

STRUCTURES ÉDITORIALES DU GROUPE L'HARMATTAN

L'HARMATTAN ITALIE
Via degli Artisti, 15
10124 Torino
harmattan.italia@gmail.com

L'HARMATTAN HONGRIE
Kossuth l. u. 14-16.
1053 Budapest
harmattan@harmattan.hu

L'HARMATTAN SÉNÉGAL
10 VDN en face Mermoz
BP 45034 Dakar-Fann
senharmattan@gmail.com

L'HARMATTAN MALI
Sirakoro-Meguetana V31
Bamako
syllaka@yahoo.fr

L'HARMATTAN CAMEROUN
TSINGA/FECAFOOT
BP 11486 Yaoundé
inkoukam@gmail.com

L'HARMATTAN TOGO
Djidjole – Lomé
Maison Amela
face EPP BATOME
ddamela@aol.com

L'HARMATTAN BURKINA FASO
Achille Somé – tengnule@hotmail.fr

L'HARMATTAN CÔTE D'IVOIRE
Résidence Karl – Cité des Arts
Abidjan-Cocody
03 BP 1588 Abidjan
espace_harmattan.ci@hotmail.fr

L'HARMATTAN GUINÉE
Almamya, rue KA 028 OKB Agency
BP 3470 Conakry
harmattanguinee@yahoo.fr

L'HARMATTAN ALGÉRIE
22, rue Moulay-Mohamed
31000 Oran
info2@harmattan-algerie.com

L'HARMATTAN RDC
185, avenue Nyangwe
Commune de Lingwala – Kinshasa
matangilamusadila@yahoo.fr

L'HARMATTAN MAROC
5, rue Ferrane-Kouicha, Talaâ-Elkbira
Chrableyine, Fès-Médine
30000 Fès
harmattan.maroc@gmail.com

L'HARMATTAN CONGO
67, boulevard Denis-Sassou-N'Guesso
BP 2874 Brazzaville
harmattan.congo@yahoo.fr

NOS LIBRAIRIES EN FRANCE

LIBRAIRIE INTERNATIONALE
16, rue des Écoles – 75005 Paris
librairie.internationale@harmattan.fr
01 40 46 79 11
www.librairieharmattan.com

LIB. SCIENCES HUMAINES & HISTOIRE
21, rue des Écoles – 75005 Paris
librairie.sh@harmattan.fr
01 46 34 13 71
www.librairieharmattansh.com

LIBRAIRIE L'ESPACE HARMATTAN
21 bis, rue des Écoles – 75005 Paris
librairie.espace@harmattan.fr
01 43 29 49 42

LIB. MÉDITERRANÉE & MOYEN-ORIENT
7, rue des Carmes – 75005 Paris
librairie.mediterranee@harmattan.fr
01 43 29 71 15

LIBRAIRIE LE LUCERNAIRE
53, rue Notre-Dame-des-Champs – 75006 Paris
librairie@lucernaire.fr
01 42 22 67 13